古書カフェすみれ屋と ランチ部事件

里見 蘭

大和書房

古書カフェすみれ屋とランチ部事件

Books & Cafe
【SUMIREYA】

目次

割り切れない紳士たち

古書カフェすみれ屋とランチ部事件

割り切れない紳士たち

1

「――で、肉種（にくだね）を型に流し込んだら、湯煎（ゆせん）焼きにする」すみれはバットに湯を張り、肉種の入ったホーロー製のテリーヌ型を載せてオーヴンに入れた。

「やっぱり、すごい手間だなあ」ほまりさんが感心したように言ってメモを取った。

ランチとディナーの間のアイドルタイム。すみれは、彼女に手順を教えながらパテ・ド・カンパーニュの仕込みをしていた。

「焼きあがって完成ってわけでもないしね」と補足する。「お客様に出すのは、粗熱を取って冷蔵庫で一日以上寝かせてから」

「手間だけじゃなく、時間もかかると」

「うちのメニューでは一番大変かも」

「わたしもいくつかレシピを調べましたけど、材料や工程にここまでこだわっているものは少ないです。カフェでこれだけ本格的な食肉加工品（シャルキュトリー）が食べられるとは！　って驚いていたお客様もいらっしゃいましたが、当然ですよね」

シャルキュトリーとは、ソーセージやハム、テリーヌなどの食肉加工品を指すフランス語だ。すみれは精肉店から仕入れた新鮮な豚、牛、鶏の肉とそれらの内臓を香辛料を加えたブランデーでマリネし、ミートチョッパーで自ら挽くところから肉種を作っている。

「材料も工程ももっと簡略化できる。そのほうが当然負担は少ないし、コストだって抑えられるんだけど……できないんだよねえ、それが」

「食いしん坊さんですもんね、すみれさん」ほまりさんがあっけらかんと笑う。

すみれは苦笑しながら調味料の瓶を引き出しに戻す。

「自分で美味しいと思うものをお客様に食べてほしい――ずっとそれをモチベーションに頑張ってきたから、いまさら変えられないのよね」

ほまりさんは「でも」と続ける。「すみれさんを見てると、自信なくなります。最初はわたしも、すみれ屋さんみたいな素敵なお店を開きたい、って思って押しかけ弟子みたいにこうして働かせてもらってますけど、すみれさんを間近で見て、わたしにはとても真似できそうにないなあ、って思うことが多くて」

「そんなことはないと思うよ。でもリアルな話、個人経営で飲食店、って楽なビジネスじゃないのは本当。毎日お店回しながら、つねに数字のことも考えなきゃだし、体力もいるし。でも、一番大変なのは時間かな」

「朝は早くから仕込みで、閉店後も仕事たくさんありますもんね」

「拘束時間が長いのもあるし、わたしが不器用だからかオフの日も結局ずっとお店のことばっかり考えちゃってたり。好きなことだからまったく苦痛じゃなくてむしろ逆なんだけど、勤め人だった頃と比べて、どんどん自分が偏った人間になっていくような不安はあるかな。たまに昔の同級生と会ったりすると、共通の話題が見つからなくてあれ？　ってなったり」

「ライフステージのちがいってことはないですか？　社会に出ると、とくに女性の場合、結婚とか出産とかでがらっと変わるじゃないですか、価値観っていうか立ち位置っていうか、なんならアイデンティティまで」

「あ、そうか……仲間うちではわたしともうひとり以外、みんな結婚してる。独身で経営者ってわたしだけだ。そりゃあ話も合わないか」

「わたしも、結婚したり子供がいる友達とは、話題がずれがちです」

考えてみれば当たり前だし、気づいていなかったわけではない。自分の属性の「未婚」という部分から目をそらしていた、のかもしれない。

かつてすみれにも結婚を意識した男性がいた。そのタイミングで結婚することは、当時の仕事を辞めることを意味した。すみれは仕事を選んだ。後悔はしていない。

その後、夢だったカフェを開くための準備に明け暮れ、店を持ってからも全力投球で恋愛をする余裕もなかった。結婚について考えたことがなかったわけではないが、店のほかにそんな「大事業」に手を広げることのハードルはとても高く思えた。

しかし。

すみれはべつに生涯独身で通すと誓ったわけでも、自分が結婚に向いていないと思っているわけでも、子供が欲しくないわけでもない。やりたい仕事を優先して気がつくと未婚のままだった、というだけだ。不器用、というより怠惰なのか。

仲のいい友達でもうひとり結婚していない彼女は、会社員としてのキャリアを順調に重ね、独身を前提にローンを組んでマンションを購入した。そう。自分はそういう「未来図」もないまま、といって結婚するための努力もせず現状維持を続けていたのだ。店を言い訳に、結婚に向き合うことを避けてきた。

ほまりさんが手伝ってくれるおかげもあって、店の経営は安定しているが、すみれもいまやアラフォーだ。もしかすると焦らなくてはいけないのではないか。

古書スペースに目を向けると、細身の体を黒いシャツとパンツに包み、エプロンをつけて腕まくりした紙野(かみの)君が、本の棚出しをしているところだった。少し猫背で、古本に向ける眼鏡の奥の目はいつものように優しげだ。

古書カフェすみれ屋は駅から少し歩いた商店街のはずれ、住宅街がはじまる辺りにある。古い木造家屋の一階にあった喫茶店部分を改装した、小ぢんまりした店だ。

玉川（たまがわ）すみれは脱サラして店を開いたオーナーで、シェフとしてキッチンにも立つ。森緒（もりお）ほまりさんはアルバイトだ。すみれよりひと回りほど若い彼女は、長身のすみれとは対照的に小柄で、前髪をまっすぐに切りそろえたかわいらしい女性だ。

古書カフェすみれ屋には、店名のとおり奥に五坪ほどの古書スペースがある。紙野君――紙野頁（よう）――はその店長だ。すみれが彼から賃料と光熱費を払ってもらう形で、カフェとは独立採算制。自分の店を出したいというすみれの話を聞き、そう提案してくれたのは、当時書店員だった紙野君だ。

仕事のパートナーとして、すみれは紙野君になんの不満もないばかりか、日々感謝の念を新たにしている。紙野君は自分の仕事の手が空いているときはカフェを手伝ってくれている。その対価はアイドルタイムと夜、二回のまかないだけだ。

紙野君のファンとなってすみれ屋に通ってくれるお客様も少なからずいる。すみれより五つ年下だが落ち着いていて、一緒にいてリラックスできる。マッチョなタイプの男性よりすみれには好ましい。もし結婚するなら、その相手は何気ない時間を共に穏やかに楽しめるような人であってほしい。

だがそれ以上は考えないようにしている。仕事上のパートナーとしても友人としても、紙野君とは理想的な関係を築けている。すみれ屋を守るという意味でも、それを壊すのは怖かった。

不器用、怠惰、それに加えて自分は臆病なのかもしれない。ほまりさんと話して、そう気づいた。

「結婚か……」思わず言っていた。「仕事と家庭をきちんと両立してる人って、すごいよなあ」

「すみれさんからそう言われちゃうと、わたし的にそのハードル、爆上がりしちゃうんですが」ほまりさんが困ったような笑顔になる。

「え、そう？」

「そうですよ。これだけきちんと自立してるのに、かわいらしさもなくしていない、すみれさんみたいな女性って貴重なんですから。わたし、そういうところもロールモデルにさせてもらってるんですよ」

「だ、駄目だよ。わたし、仕事以外ちゃんとやれてる自信、全然ないから。まして恋愛とかはぜんっぜん――」

紙野君がこちらを向くのがわかった。すみれは赤面しつつ、口をつぐんだ。

明美(あけみ)さんが店を訪れたのはその夜だった。

「今日はひとり」店に入るなり、宍戸(ししど)明美さんはほまりさんに言った。

ほまりさんは、キッチンをL字に囲む七席のカウンターの角の席へ明美さんを案内した。

「あら。またお会いしましたね」席に着こうとした明美さんが、右隣の、やはり角の席に座っている男性に気づいて言った。

「あ、どうも。今晩は」と応じたのは、すでに一杯目の白ワインを飲んでいた、掛川（かけがわ）さんだった。

ふたりはたしか、二週間ほど前にも同じようにひとりで来て、隣り合わせの席に座り、はじめて会話を交わしたのだった、とすみれは思い出す。掛川さんが店に来たのはそれが初回で、今日が二度目だ。

「紙野君、いつもの」明美さんが、カウンターのなかに立つ紙野君に言ってスツールに座った。

「はい」紙野君は、最近明美さんがお気に入りのオーガニックの白ワインをグラスに注ぎ、「どうぞ」とカウンターごしにサーブした。

「ありがとう」明美さんは紙野君に茄子（なす）とナッツのパテを注文した。

オリーブ油とニンニクを熱して、アンチョビと皮を除いた焼き茄子を加えて蒸し煮にしたものをフードプロセッサーにかけ、バジルペーストと刻んだミックスナッツを混ぜたおつまみだ。作り置きしてあるので、ドリンク担当の紙野君がスライスしたバゲットを添えて出す。

「これ、ワインに合うのよねえ」

　出版社勤務の宍戸明美さんは『食卓賛歌』という、文字どおり食に関する月刊誌の編集長を務める開店当初からの常連で、雑誌ですみれ屋を紹介してくれたこともある。五十代前半で、美味しいものとお酒に目がない。明美さんは早速ワインを飲みながらパテを食べはじめた。

　隣席の掛川さんのほうは、しばらくドリンクにも口をつけていなかったが、やがて小さくため息をついて、操作していたスマートフォンをカウンターに置き、明美さんと目が合ったのか、気まずそうな笑みを浮かべ、「慣れないことはなかなかうまくいきませんね」と力なくつぶやいた。

　掛川さんはジャケットにパンツ、ポロシャツというカジュアルなスタイルだ。四十代前半だろうか、穏やかでいい人そう、というのが第一印象になりそうな男性だ。知的な雰囲気もあった。

　明美さんが掛川さんのほうに少し身を乗り出した。

「立ち入ったことをお訊きしていいかしら、その慣れないことってなんなのか。図々しかったらごめんなさい。先日、ちょっとお話ししたくらいなのに」

　聞き耳を立てていなくても、お客様の会話というのは自然と耳に入ってきてしまうものだ。この前ふたりはたしか、初対面らしくあまり突っ込んだ話はせず、料理や海外ドラマを話題にしていたと思う。

「いえ」と掛川さん。「むしろ、お聞かせしていいような話かどうか……」

「もし迷っていらっしゃるなら、聞かせていただきたいわあ。酒の肴はいくらあってもいい。わたしの仕事、お話ししましたよね？　人の好奇心を商売の種にするマスコミの人間に、NGな話題はないんですよ」

明美さんがにっこり笑うと、掛川さんは安心したように「そうですか。ではお言葉に甘えて」と切り出した。

「実は、恥ずかしながら私、婚活をしておりまして――」

「恥ずかしいことなんてないじゃないですか。今どき当たり前ですよ。むしろ、前向きで素晴らしいと思います」

「そ、そうですか。いや……そんな風に言われたの、はじめてです」掛川さんは顔を赤らめた。

「やれコンプライアンスだハラスメントだってうるさい時代に、恋愛結婚なんて完全犯罪並みに難しいですよね。最近じゃ、脈のない相手に告白するのを『告ハラ』なんて言うらしいじゃないですか。そんなこと言ってたら、恋愛なんてイケメンとか美人しかできなくなっちゃう」

「おっしゃるとおりです。見た目もそうですが、女性への接し方が下手だとハラスメントになりかねない。女性慣れしていない男には、女性と親しく話すチャンスを得るのも難しい。私のような男からすると、恋愛は、モテる男性だけに許された特権に思えてしまいます」

「実際には、女性慣れしている男性ほど、ハラスメントの機会も多いんだけど、結局、女性も魅力的な男性には甘かったりしますもんね。わたしも若い頃は、何度も痛い目を見たもんなあ」

「そ、そうですか……」掛川さんはリアクションに困っているようだ。

「あ、ごめんなさい、自分の話を。最近の婚活サービスはいろんな業態があるんですってね。昔ながらの仲人さんみたいな結婚相談所のほかに、婚活パーティとか、一時期は街コンとかも増えたし。アプリを使ってSNS感覚で相手を探す婚活サイトとかマッチングアプリとか。掛川さんは、どんなアプローチを？」

「よくご存じですね」掛川さんが感心したように言った。「私が利用しているのは、データマッチング型。結婚相談所と婚活サイトの中間という感じで、結婚相談所のように担当者に相手を探してもらうことも、婚活サイトみたいに自分で相手を探すこともできるタイプです。SNS感覚で会員同士がプロフィールをチェックできるし、仲人役のカウンセラーが本人の代わりに相手を絞り込むこともできる。私が登録しているのは、会員数約五十万人のサービスです」

「そんなに……！」

「ええ。最大手のひとつと言っていいと思います」

「それだけ会員がいれば、デートまで進展する確率も高そう」

「そうなんです。私はいま四十二歳ですが、この年になるまで結婚はもちろん、ろくに恋愛経験もなくて。目の前の勉強や仕事、趣味に打ち込んでいるうちに、そういう機会を逸したまま年齢を重ねてしまい、女性との接し方にもまったく自信がありませんでした。端的に言うとモテない側の人間です。それでも何度かデートにまで進めたのは、会員の母数が大きいのと、カウンセラーさんのおかげです」

「どんな方なんですか？」

「私より若い既婚女性です」

「なるほど。体験に根差した女性目線のアドバイスが聞けそうだわ」明美さんが納得したようにうなずく。

「登録すると最初に担当のカウンセラーさんとの面接があって、自分がどんな相手と結婚したいかなどをヒアリングされました。そのうえでアドバイスをもらえます。まず私のことを第三者の目で見て、お相手に求める条件を修正しましょうと。自分では気づいていなかったんですが、高望みをしすぎだと指摘されました。自分は若くないのに、相手の女性には若さを求めていたりとか。相場観というとおかしいですが、そういうものがまったくわかっていなかったんです」

掛川さんは苦笑した。

「それから、結婚という最終的な目標に向け、具体的な課題を組み込んだプログラムを作成してくれました。私の場合、まずはダイエットすることがスタートラインでした」

「ええ⁉　そんなことまで……？」

「はい。婚活市場のスタートラインに立てるようになることが、私のプログラムの第一関門ということだったので」

「厳しいんですねえ。それにけっこう失礼な話じゃありませんか？」

「ですが、的確なアドバイスだったと思います。私も、そうした方向性で努力した経験はなかったので新鮮でした。目標体重にまで落とせたところで、つぎはヘアスタイルと洋服です。カウンセラーさんが美容院とデパートに付き添ってくれて、どういうものが私に似合うかも教えてくれました。服を買ったところで、今度はプロの写真家に写真を撮ってもらって……」

「もしかして、プロフィール写真ですか、婚活用の？」

「そうです」

「ちなみにどんな感じなんです？　もし差し支えなかったら――」

「少々照れ臭いですが……」掛川さんはスマホの画面を明美さんに見せた。

「あら、素敵。写真も爽やかだし、プロフィール文も自然で好感度高いですね」

「ありがとうございます」掛川さんはまんざらでもなさそうに言ってスマホをしまった。「いよいよ気になった女性へアプローチするわけですが、ここでもプロフィールから絞り込んだ女性へのメッセージを、送る前にカウンセラーさんがチェックして、添削までしてくれました」

「手取り足取りですね」

「私にはありがたいかぎりです。おかげで、アポイントメントを取ってデートするところまでこぎつけられるように……」

最近の婚活サービスの話に、すみれは興味津々で耳を傾けていた。そこまでしてくれるなら、久しく恋愛をしていない自分でもなんとかなるかもしれない、などと思ったりする。

「ただ問題は、その先です」

「デートまでカウンセラーさんに付き添ってもらうわけにはいきませんものね。うまくいったんですか？」

「最初の方と会う前に、想定問答じゃありませんが、カウンセラーさんが相手役になってシミュレーションをしてくれたんです。でも、本番ではなかなか想定どおりに運ばずパニクってしまい、相手の方と自然に会話のキャッチボールができず、だんだん気まずい感じに……で、結局、相手の方からまた会おうという返事はもらえませんでした。私も、お誘いする勇気はとてもなく、お礼だけのメッセージにとどめましたが」

「最初はだれでもそんなものじゃないんですか」

「私もそう割り切るよう努力して、二人目の方とお会いしたら、最初のときよりうまく会話できた気がしました。勇気を振り絞って二度目のお誘いをしたらNGでしたが、少なくとも進歩はあったと考えるようにして……。で、二週間ほど前、三人目の方にお会いしたんですが――結果はまたNG。あ、最初の話、ここにたどり着きます。頑張ってうまくやれたつもりでも、やはり自分はまだまだ女性とのコミュニケーションが未熟なんだろうなと」

掛川さんはため息をつくように言ってワイングラスに手を伸ばした。

「でも、人間同士、まして男女となれば相性も大きいんじゃないかな」

「まさにそこがネックでして」

「『そこ』って……相性ですか？」

「そうなんです。実は、三人目の女性とは、はじめて相性が合ったように感じていたんです。それなのにデート後は手のひらを返したように断られて。正直、狐につままれたようで。カウンセラーさんも、私の言動にとくに問題はなかったと思うと」

「なるほど。それであんなため息を……掛川さん、その三人目の女性の話、詳しく聞かせてもらえませんか？」

好奇心に目を輝かせた明美さんは、カウンターごしに紙野君に空になったグラスを差し出した。

「紙野君、もう一杯。それと、きのこのチーズスフレも」

2

掛川さんも自分のワインを注文し、話を再開した。
「三人目の女性の名前を仮に、花子（はなこ）さんとします。プロフィールでわかる彼女のスペックは——あ、婚活サービスでは最初、条件で相手を絞り込んでいくのですが、それをこう呼びます。個人的には人に対して使うのは抵抗がありますが、まあ便利な言葉なので。花子さんは東京都出身の三十三歳。ひとりっ子で公立高校から難関国立大の教育学部へ入学。卒業後は一部上場企業に勤務。無粋ですが、婚活でどうしてもはずせない条件になる年収は、約七百万円です」

「スペックという言葉を使っていいなら、かなりハイスペックな方なのでは？」

「そう思います」

「となると、相手に求める要求も当然高くなりそう。婚活サービスでは、自分が希望する条件も提示するんですよね。彼女はどんな条件を？」

「〝年齢は二十代から四十三歳まで。職業は開業医。年収は千五百万円以上。非喫煙者。東京在住。ペット好きで、猫アレルギーがない人。身長百七十三センチ以上〟」

「えっ――本当に？」

明美さんが声をあげたが、すみれも内心びっくりしている。婚活では相手にそこまで具体的な条件を求めるものなのか。

「私がアプローチしたときは、まちがいなくそういう条件でした」

「……婚活って、そういう世界なのか。全然わかってなかった」

「そうですね。普通の恋愛なら、ここまで詳しく条件を設定してから交際することは――」

「ていうより、びっくりしたのは花子さんの要求の高さですよ。四十代前半までの未婚男性で、開業医で、年収千五百万円以上――って、そんな男性そもそも世の中にほとんどいないし、そのうえ身長百七十三センチ以上ある人ならとっくに――」そこで明美さんははっとしたように口をつぐんだ。「あら。掛川さん、お医者様だったんだ。

この間はたしか、自営業とだけ」

「ええ。祖父の代からこの近くで耳鼻咽喉科医院を開いています」

「花子さんが要求する高スペック男性なんて実在しないかと思ったら。やだ、掛川さん、すごい方だったんですね」

すみれも心のなかでうなずいた。花子さんの掲げる条件を聞いただけでは、それをすべて満たす未婚男性などそうそういないのではないかと思ったからだ。

「スペックだけで言えば、そのようです」

「それにしても、個人的には、花子さん、高望みな気がするなあ」

「自分を持ち上げるつもりはありませんが、カウンセラーさんも同意見でした。婚活市場にもシビアな市場原理が働いていて、男性は自分を棚に上げて若い女性を望む傾向が強い。そういう身も蓋もない現実を踏まえると、花子さんの要求は『強気』だと。カウンセラーさんの推測では、花子さんは婚活をはじめたばかりでデートもまだ一度しかしていないので、『相場観』を把握できていないのではないかって」

スペックに市場原理に相場観――これが婚活の「リアル」とすればなかなか生々しい世界だが、人生がかかったイベントなのだから当然なのかもしれない。

「あーでも、同じ女性としてはすごくよくわかるんですよね。昔とちがって、いまどき三十三歳なんていろいろな意味で若いし、花子さんみたいに優秀で、同年代の平均よりもずっと高い収入を得ていればなおさら、結婚相手には社会的地位の高さや高収入を求めてしまいがちなのかも。でもその条件に当てはまる希少な存在である掛川さんをお断りするって、いったい——花子さんって、どんな方だったんですか？」

それはすみれも気になった。

「とても感じのいい女性でした」

「あら、意外」

「じつは私も、プロフィールの条件を見て、なんとなくお高く留まった女性なんじゃないかと想像していたんですが、お会いしてみると全然ちがって」

掛川さんの話によれば、ふたりのデートは週末のランチ。プリフィクスのコースのあるカジュアルなフレンチレストランだったという。花子さんにあらかじめ好き嫌いをヒアリングし、カウンセラーさんにも相談のうえ、掛川さんが花子さんに提案し、了承を得て予約した。

「待ち合わせ場所に現れた花子さんの第一印象は、私の先入観を裏切るものでした。地味というわけではありませんが、ファッションにもメイクにも派手さはなく、落ち着いていて——ジェンダー的に問題がある言い方かもしれませんが——女性らしかったた。恋愛経験が乏しいからでしょうが、私は派手なファッションの女性が苦手なんです。あまり個性的なファッションの女性も」

「花子さんはそのどちらでもなかった。バリキャリ系じゃなくコンサバ系……男性に安心感を抱かせるファッションね。成り上がりじゃない高スペック男性の妻になる女性の王道でもある。お話ししてみた感じは？」

「見た目どおりの落ち着いた、穏やかな方でした。堅苦しさはなく気さくで、といって下品にならず、ユーモアもあって、頭の回転は速いが人に気を使わせず――一時間半というデート時間があっという間に感じられるほど楽しかった。女性と過ごしてはじめての経験です。花子さんも私との会話を楽しんでいるように思えた。とにかく、その前のおふたりのときとはまったくちがったんです」

「どんなお話を？」

「食べ物や、お互いの仕事や趣味の話なんかです」

「趣味？」

「ええ。私は旅行や鉄道写真の話を。花子さんの趣味はインドアガーデニングでした。マンションの部屋で観葉植物などを育てているそうで、写真も見せてくれましたし、そういう趣味の画像をアップしているインスタグラムのアカウントも教えてくれました。あ、私が頼んだのではなく、あちらから」

「それは高ポイントだわ。女性は好意を持たない相手にプライベートなＳＮＳアカウントを教えたりしませんから」

「やっぱりそう思いますか——だからなおさらわからない」掛川さんの顔が曇った。

「……デートはうまくいった。そのあとなにがあったんです？」

「帰ってから、お礼のメールを送りました。楽しかったことを伝え、できればまたご一緒したいと。するとその夜、花子さんから返信がありました。こんなメールです」

掛川さんはまたスマホを出し、明美さんに差し出した。

「よろしいんですか……？」

「どうぞ」

明美さんはスマホを受け取ると、声に出して文面を読み上げた。


——本日は、お時間を頂戴し、また、ご馳走もしていただき、ありがとうございました。お店のチョイスもよかったと思います。

ただ、ひとつ残念だったのは、将来設計の件でした。現在同居されているお母様と、今後も同居を続けるおつもりであるとのこと。結婚して戸建てに住んでいるお姉さまもいらっしゃるのに、なぜ掛川様がお世話をしなくてはならないのでしょう？

デートの席で、お母様を大切にする男性は素敵だと申したかもしれません。が、結婚するとなれば、やはり配偶者との生活を優先して欲しいと思うのが人情ではないでしょうか。お母様が大事なのは結構ですが、せめて、プロフィールにその旨、明記していただきたかったと思います。

誠に申し訳ありませんが、今後のおつき合いはご遠慮させていただきたいと思います。

「……ほんとだ」明美さんが言う。「掛川さんのお話の花子さん像からすると、思いっきり違和感がありますね」

「最初に文面を見たとき、彼女から来たものとは信じられませんでした。ほんの数時間前に会って話していたときとはまるで別人みたいで」

「でも、そこに書かれてたことって――」明美さんはスマホを返した。

「『将来設計』のくだりですか？　事実です。私は医院に隣接する自宅に両親と住んでいましたが、去年父が亡くなってからは母とふたり暮らし。母と同居していることは、婚活サービスのプロフィールにも明記しています。四歳上の姉は結婚して家を出ている。そのことは、メッセージをやり取りした時点で花子さんには知らせていました。デートの席で、もし結婚したら、母親のことはどうするつもりなのかと訊ねてきたのは彼女です。私は以前から結婚後も母の面倒をみるつもりでいたので、正直にそう答えました」

「そのときの花子さんの反応は？」

「その場では前向きな言葉が返ってきたんですよね――」

自分も早くに父親を亡くしたので、女手ひとつで育ててくれた母親には感謝している、世間には「マザコン」などという否定的な単語もあるが、自分は逆に、母親を大切にする男性は素敵だと思う――彼女はそんなことを言ったという。

「それであのメールはショックですよねえ」

「そうなんです。しかもまだ先があったんですよ」

「というと？」

掛川さんは少しためらったが、口を開いた。

「私にあのメールを送ってきた直後、花子さんは公開している希望条件を変更したんです」

「どんなふうに？」

「まず年齢の上限を四十三歳から三十九歳まで引き下げ、さらに職業から開業医という指定をはずしました。そして――自分の親族との同居を求めないこと、という条件をつけ加えたんです」

「それは……」さすがの明美さんも言葉を失う。

明らかに掛川さんを意識しての変更だろう。あまりにもあからさまな……掛川さんがショックを受けるのも理解できる。

「私は就職活動も経験していないし、恋愛に関しては、若い頃から土俵に乗ることさえ避けてきました。自分の人格が全否定されるような経験とは幸か不幸か無縁のまま、この年になってしまった。それだけに今回のようなことがあるとダメージが大きくて。正直、婚活を続ける気力も失いかけています」

　掛川さんがそう言って黙り込んだ。

　ちょうどそのタイミングで、明美さんが注文したきのこのチーズスフレをほまりさんがサーブした。

「あー、チーズのいい香り」明美さんは空気を変えようとするかのように声を弾ませた。「食べちゃいますね──んー、これこれ！　ふわっとろでコクがあってチーズの香りがもう！　掛川さん、食べたことあります？」

「いえ──」

「だったら絶対おすすめです！」

　チーズスフレは、ホワイトソースやパルミジャーノ・レッジャーノ等を加えた卵黄とメレンゲを合わせた生地をココットに入れ、炒めてニンニクやエシャロットで香りづけしたきのこを載せてオーヴンで焼いた、甘くないスフレだ。時間が経つとしぼんでしまうので、焼きたての熱々のうちに食べるのが鉄則だ。

「美味しそうですね。紙野さん、私も同じものを」明美さんの食べっぷりを見ていた掛川さんが紙野君に注文した。

「――話が中断しちゃいましたけど」スフレをスプーンで口に運びながら明美さんが言った。「やっぱりどう考えても花子さんの個性が強烈すぎるんだと思います。わかりやすいっていうか露骨っていうか。計算高いタイプっていうのはいるかもしれないけど、そこまで極端な人は珍しいと思います。運がわるかったと思って彼女のことは忘れて、引きずらないほうがいいんじゃないかしら」

「頭ではそう理解してるつもりなんですが――」

掛川さんが答えたそのとき、

「私も同感です」という声が、すぐ横からあがった。

3

明美さんと掛川さんが同時に目を向ける。掛川さんの隣に座っていたのは、馬場（ばば）さんだった。四十代の男性で、月に二、三度のペースで来店する常連客だ。奥さんと一緒のこともあれば、今夜のようにひとりのこともある。

ドライなクラフトビールの今宵のお供はステック・アッシェ。粗く手切りして叩いた短角牛のもも肉で作ったフランス風ハンバーグだ。旨味を出すのに牛脂を加えるが、つなぎは一切なし。塩とブラックペッパーでシンプルに味付けしてフライパンで焼き、溶かしたバターを表面にかけて香ばしく焼き上げる。ステーキのような力強さがありつつ、中心のレアな部分はとろけるような舌触りも楽しめる。

「――あ、すみません、突然。失礼かもしれませんが、おふたりの会話が耳に入ってびっくりすることがありまして。もしご不快でなかったら、私も話に入れていただけませんか？」

営業マンとして働く馬場さんは、プライベートでも社交的なタイプだ。ふたりとは初対面だったが気後れする様子はなかった。

「わたしはかまわないけど――」明美さんは掛川さんを見た。

「ええ。私もです」掛川さんがやや面食らった様子で言った。

「ありがとうございます。私、馬場と言います。こちらにはたびたび寄せてもらっています。怪しい者ではありません」

明美さんと掛川さんも馬場さんに自己紹介をした。

「馬場さんがびっくりされた、というのは？」明美さんがすぐに切り出す。

「ええ。今おふたりが話題にされていた『花子さん』のことです。間接的にですが、私も知っている女性ではないかと」

明美さんと掛川さんは顔を見合わせた。

「お話、うかがいたいわ」

「ぜひ」掛川さんも飛びついた。

「じつは、私の大学時代のサークルの後輩に山田(やまだ)という男がいます。私とちがって真面目な人間なのですが、なぜかお互い気が合って、時々ふたりで酒を飲んだりする友人です。その山田が最近婚活をはじめて、私も相談に乗っているんですが――どうも噂の『花子さん』と遭遇したらしい」

明美さんと掛川さんがまた顔を見合わせる。

「興味深い奇遇でしょう?」馬場さんはにこっと笑った。「聞くともなくおふたりのお話を聞くうちに、途中から、おいおいひょっとして――いやこれは絶対まちがいないなとなって、お声がけした次第です。さっきＬＩＮＥで本人にオーケーをもらいましたので彼の経験をお話しします。山田は理系の大学院を卒業後、外資系メーカーの開発室に研究員として勤務する三十九歳。年収も花子さんの条件をクリアしています」

馬場さんはボトルのビールをぐいっとあおり、

「ふた月ほど前、おそらく掛川さんと同じデータマッチング型のサービスに登録して婚活をはじめました。いまのところ五人の女性とデートをして、相手側あるいは自分のほうからのNGによりマッチングに至っていない。その五人目こそ、花子さんではないかと」

「なぜそう思われるんですか？」掛川さんが訊ねた。

「まずスペックがぴったり一致します。彼女が提示する希望条件も――掛川さんとのデート後に変更したものと寸分違いません」

「――では、山田さんは、そのあとに彼女と？」

「そうなりますね。掛川さんと同様、デート自体は楽しかったそうです。とても感じのよい女性で会話も弾み、それまでの四人との間にはなかった手ごたえを感じたと。ところが――デートを終えて帰るとすぐ、花子さんからお断りのメールが届いた」

掛川さんが目を見開いた。

「こんなメールです――」馬場さんは転送してもらったらしいそのメールを読み上げた。

――本日は、お時間を頂戴し、また、ご馳走していただき、ありがとうございました。少々にぎやかなお店だったのは残念ですが、御礼申し上げます。

山田さんも真面目そうな方で、とても好感を持ちました。しかしながら気になったのは、将来設計についてです。

結婚後は日本を出て海外で暮らす、というお話でした。日本という国の未来には期待が持てない、子供には将来、世界のどこでも生きていけるグローバルな力を身につけさせたい、というのがその理由でした。

お見合いの席では、広い視野に立って人生を判断できる男性は頼もしいと申し上げましたが、若い頃ならともかく、これから年を取ってゆくことを考えると、勝手がわからない海外での生活には不安を覚える、というのが正直なところです。

私は現在、都内に購入したワンルームマンションでひとり暮らしをしていますが、結婚後は都内に戸建てを購入し、マンションは賃貸に出して資産形成をするつもりでいます。やはり生まれ育った、慣れ親しんだ土地で老後を迎えたいというのが人情ではないでしょうか。

誠に申し訳ありませんが、今後のおつき合いはご遠慮させていただきたいと思います。


「どうぞ」馬場さんはスマホを掛川さんに渡した。

「これは……」文面を確認した掛川さんが絶句する。

「掛川さんのときとまったく同じパターンだ」スマホを覗き込んだ明美さんが言う。

「でしょう？」掛川さんからスマホを受け取った馬場さんはにやりとした。「ちなみに、掛川さんがお話ししていた花子さんのインスタのアカウント、こちらじゃないですか？」

馬場さんはスマホを操作して、掛川さんに見せた。

「これです――！」掛川さんが画面を指さした。

「まちがいありませんね」馬場さんが満足そうにうなずく。

馬場さんは明美さんにもスマホを見せた。明美さんは自分のスマホでインスタを起ち上げ、花子さんのアカウントを見つけたようだ。

「ふーん、インドアガーデニングと料理と猫の画像ね。フローリングの床に鉢を直置きしたり、棚に置いたり。家具はこのオープンシェルフとテーブルと椅子、シングルベッドだけか。おしゃれですっきりしたひとり暮らしの部屋って感じ――」それぞれの写真についているらしいコメントを読み上げる。「『こちらは、フィロデンドロン。日当たりのよい場所を好む、サトイモ科の観葉植物です。きれいな葉っぱをごらんください』。『クリスマスローズは、直射日光が苦手。なので、ベランダから離れた場所に床置きしています』。『スイセンは、華やかというより、可憐なところが好きな花』

――植物が好きで詳しい人なのね」

「料理の写真も多いですね」馬場さんが言った。

「花子さんは料理好きだと言ってました」掛川さんがうなずく。「休日は手の込んだ料理も作るって」

「映えっていうんですか、食器や料理もフォトジェニックだ」

「ですね」と明美さん。「『親友を招いての今夜のディナーは、アジアンエスニック。海老の生春巻きと、アボカドのサラダ、タイ風手羽先揚げ。パクチーたっぷりで』か。アップしてる料理の写真、どれも『親友』を招待したときのものなのね。ひとり分じゃないから構図に変化も持たせやすい。ガラストップのテーブルだと光が反射して撮りづらいんだけど、うまく撮ってる。センスがいい人なんだわ」

さすがプロは目のつけどころがちがうと、すみれは感心する。

「本人や親友の写真はない……っていうか、人物の写真は一切ないのか。猫は——キジトラちゃんなのね。『張り替えたばかりのふすまをボロボロにするやんちゃさんですが、ママのお気に入り、箱入り娘の座は揺るぎません。「婚活もしなくていいんだにゃあ」』。あ、はじめて婚活っていう言葉が出てきたわね。そりゃあ、猫に婚活は不要でしょうけど。あら、これもかわいい——コーヒーカップをちゃぶ台で倒しちゃったのを見られて気まずい猫ちゃん、『見たにゃあ？』。猫あるあるって感じ？」

「インスタの写真だけ見ていたら、猫好き料理好きの優しい女性としか思えませんよね」馬場さんが少しあきれ気味につぶやく。

「ほんとですね。この写真のコメントも、お断りメールとは別人みたい――『お気に入りのソファの上でＴＶに映った血統書つきの美猫に見入る雑種の美猫。「人間とちがって、メイクなんかしなくてもきれいだもんにゃあ」だれが不出来なお姉ちゃんですって？』。猫ちゃんには甘いのねえ」

「――どうぞ」そこへ紙野君が、カウンターごしに明美さんが注文した三杯目のワインをサーブした。

「ありがとう。紙野君も飼ってるのよね、猫」明美さんが、スマホの画面を紙野君に向けた。「どっちがかわいい、紙野君ちの子と？」

「よろしいですか」紙野君は明美さんからスマホを受け取り、しばらくスクロールしていくつかの画像をじっくり眺めたあと、「うちのキビも雑種の三毛ですが……宍戸さん、猫と言わずペットを飼っている人にその質問は、失礼ながら愚問です。猫が好きな人間にとって世界のあらゆる猫は愛で、崇拝すべき対象にはちがいありませんが、だれがなんと言おうと、世界で一番かわいいのはうちのキビに決まってます」

「そっかあ」スマホを受け取って明美さんは笑った。「でもなーんか不思議。インスタのアカウントはほんわかしたイメージで、婚活相手への厳しい条件やお断りメールのえげつなさと結びつかないなあ。まあ、インスタでそこまで自分の毒をさらけ出す女性も少ないか」

「ツイッターならともかく、インスタはむしろ理想化された自己イメージを投影している人のほうが多いのかもしれませんね」馬場さんが言う。「ちなみに彼女、山田さっきのメールを送ったあと、プロフィールの希望条件、また変えたそうですよ」

「本当ですか？」掛川さんが反応した。

「ええ。ほかはそのままで、結婚後、都内に新築の戸建てを購入することが可能な人、という条件がつけ加えられたって」

「ええ〜〜」明美さんが声をあげた。「そこまでいくと、さすがにちょっとホラーっぽいっていうか、ネタじゃなかったら怖い気もする」

「会費を払ってる婚活サービスでネタはないでしょう。でも、私はべつに怖いとは思わないな。むしろ花子さんのすがすがしいほどの正直さに感銘を受ける」馬場さんがダークな笑みを浮かべる。

「だけど、ただ正直っていうだけでは片づけられないものを感じません？　馬場さんのお友達の――山田さんは、花子さんに会ってどんな印象を？」

「掛川さんと同じです。とても感じのよい女性だった、あんなお断りメールを書くような裏表のある人には思えなかった、と。ただ、経験値があまり高くない男性に女性の演技を見破るのは難しいでしょう」

「たしかに」明美さんがうなずく。「掛川さん、やっぱり気になさることはないのかもしれませんよ」

「そう」と馬場さん。「掛川さんのほかにも被害者はいます。相手は癒やし系の皮をかぶった狼。プレデターにでも噛まれたと思って切り替えていきましょう」

「はあ……」掛川さんが肩を落とす。「励ましていただけるのはありがたいけど、婚活どころか女性不信に陥ってしまいそうだ……」

そのとき、

「失礼ながら、お話、お聞きしました」掛川さんの背後で声がした。

掛川さんが振り向くと、そこにはいつの間にかカウンターの外にいた紙野君が立っていた。

「掛川さん。もしよろしければ——この本、買っていただけませんか?」

きょとんとする掛川さんに向かって、紙野君は右手に持っていた一冊の本を差し出した。

4

すみれ屋を開業するにあたり、すみれは修業のため何軒かのカフェでアルバイトを

経験した。紙野君と出会ったのは、新刊書店に併設されたカフェで働いていたときのことだ。

その書店で社員として働いていた紙野君は、書店員として特殊な能力を持っていることで同僚たちに知られていた。お客様から問い合わせを受けた本は、たとえそれがどんなに曖昧な情報に基づくリクエストであってもかならず特定する、というものだ。それだけではない。リクエストされたのとはべつの本もおすすめし、むしろそちらのほうこそお客様が本当に必要とするものであった、という、ふつうの書店員には真似できないミラクルを何度も起こしていた。

その能力は、自らが采配するすみれ屋の古書店において、さらなる進化を遂げていた。にわかには信じがたいことだが、なにか問題を抱えて悩んでいるお客様に対し、リクエストされてもいない本を薦め、それを読んでもらうことで結果的にお客様の悩みごとを解決する――というように。

紙野君がお客様に本を薦めるとき、なにかが起こる――もはやすみれは、そこにわずかな疑いも抱いていなかった。

その夜、紙野君が掛川さんに薦めたのは『俳句いきなり入門』という本だった。オレンジ色のカバーの新書だ。

「あの。これって――」掛川さんが戸惑った。

その隣で明美さんが身を乗り出した。

「ご存じありませんか、掛川さん？」明美さんが言った。「すみれ屋で紙野君に本をおすすめされるのは、雨上がりにきれいな虹を見つけたくらいラッキーなことなんですよ」

「そうそう」馬場さんが言った。「私の知人にも、紙野さんおすすめの本に救われた人がいます」

掛川さんの顔が、狐につままれたようになった。

「でも、なんで俳句の本を……？」掛川さんが紙野君を見る。

「掛川さんは、花子さんの行動に釈然としないものを感じていらっしゃる。そうですよね？」

「え、ええ」

「デートのときとその後のメールとでは、態度が百八十度急変したように思える。その理由を知りたいとは思いませんか？」

「それはできれば知りたいですが――」

「この本を読めばわかります」紙野君が新書を掲げた。「騙されたと思って、第一章の2節にある「アンソロジーを使った『スタンド句会』」のところだけでも読んでみてください。そこに掛川さんが求める答えがあります」

そこまで断言してしまって大丈夫だろうか。カウンター内ですみれははらはらした。が、掛川さんはにわかに本に興味を持ったようだ。すぐ財布を出して紙野君からその本を買った。

「わたしも読みたーい」明美さんが目を輝かせる。「紙野君、在庫ある？」

「ありますよ」紙野君が微笑んだ。

一般的な古書店とは異なり、紙野君は同じ本を複数冊店頭に並べていることが少ない。陳列台の上でフェア展開している本についてはとくにその確率が高い。『俳句いきなり入門』はいま展開中の「俳句の本」というフェアの一点だったので、明美さんは本を入手することができた。

すみれもだ。紙野君があんな風にお客様に本を薦めたときはかならず同じ本を買って読むようにしている。俳句の入門書を読めば、なぜ「花子さん事件」の謎が解けるのか？　自分の目と頭でそれを確かめずにはいられないではないか。ほまりさんも同じように考えた結果、紙野君は一日で四冊も同じ本を売り上げることになった。

「これなら今夜中に読めそう」本の目次を見たほまりさんが言う。「答え合わせ、いつにしますか、すみれさん？」

ほまりさんの目がきらきらしている。紙野君はお客様になぜこの本を薦めたのか。それを教えてもらうのを、すみれたちは答え合わせと呼んでいる。教えてもらう前に自分たちも同じ本を読んでその理由を推理するのも、もはや恒例になっていた。

「わたしも今夜には読めそうだから——紙野君とほまりさんの都合次第だけど、明日の夜、営業時間後は？」

「俺は空いてます」紙野君が答える。

「わたしも大丈夫です」ほまりさんが言った。

「よし、じゃあ、軽く飲みながら紙野君に答え合わせをお願いしよう！」


店の二階がすみれの住居だ。その夜、寝室のベッドの上で本を開いた。

『俳句いきなり入門』。出版元はＮＨＫ出版。紙野君と知り合ってから、彼に薦められて短歌や詩の本を読むようになってはいたが、そういえば俳句にはこれまで縁がなかった。

著者は、千野帽子。変わった名前だ。ペンネームだろう。裏表紙に紹介文があった。


日曜文筆家。フランス政府給費留学生としてパリ第４大学ソルボンヌ校に学び、博士課程修了。２００４年より文芸誌・女性誌・新聞などに書評やエッセイを寄稿。俳句連載の選者をつとめるほか、公開句会「東京マッハ」の司会を担当。

紙野君は掛川さんに第一章の2節にある「アンソロジーを使った『スタンド句会』」だけでも読んでほしいと言っていた。スタンド句会ってなに？　と気になったが、せっかくなので最初から読んでみる。

「まえがき」の冒頭の小見出しは「あなたの『俳句適性』をチェック！」というキャッチーなもの。十項目のうち読者の実感に合うものがいくつあるかと著者は問いかける。たとえば、「①俳句は、自分の言いたいこと（メッセージ）や感動を自分の言葉で表現するものだ」「④俳句は、季節感を表現する言葉を書くものだ」といった具合に。

どうやら俳句に縁のない人間の大多数が、俳句に対して抱く印象を列挙しているようだ、と見当がつく。きっとその印象をひっくり返すための前置きなのだろう。はたして十項目を挙げた直後、筆者は、一致する数が多いほど俳句に対してハンディキャップが多いという種明かしをする。

筆者がプロの俳人でないこと、本について書くことが多いライターであることも明かされ、自らを俳句の門外漢と位置づけていることもわかる。この本は門外漢の立場から書かれた俳句の入門書なのだ。

のっけから油断ならないオーラを感じさせるこの本では、ほかの項目についても、著者は初心者が抱きがちな先入観に容赦なく駄目出しをしている。本当に読者を入門させる気があるのか、疑問になってくるほどだ。

すると、まえがきの終わり近くにこんな言葉を見つけた。


「高尚で風流」、「年寄り臭い」、「国語の授業で習ったアレ」、「古典の素養が不可欠」といった先入観をいったんチャラにして、俳句を「自分の外に出るためのゲーム」として捉えなおす。本書はそういう本だ。


なるほど。しかしこの著者はこんなことを書いて、俳句の世界の偉い人に怒られたりしないのだろうか？　などと余計な心配をしつつ読み進めると、やがて「スタンド句会」なるものの正体が明らかになった。

すみれが知らなかったのも当然で、これは著者のオリジナルなアイディアから生まれた言葉らしい。参加者が自分たちで一句も作らなくても句会を開ける、というのが革新的なその主張の核心だった。やり方はこうだ。

まず俳句のアンソロジーを用意する。本のなかで挙げられているのは平井（ひらい）照敏（しょうびん）編『現代の俳句』（講談社学術文庫）という句集だ。近代俳人の代表作を集めたものだという。

スタンド句会の参加者は、『現代の俳句』に選出されている俳人を各自ひとり選ぶ。

たとえばAさんは波多野爽波、Bさんは中村汀女、Cさんは岸本尚毅といった具合に。各自が選んだ俳人の掲載頁から二十句をコピーし、そこから七句を選んで切り離して一句ごとの短冊を作り投句する。そしてふつうの句会のように選句と句評を行う。

俳句を作るようになった著者は、句会に参加して、ほかの参加者の句評によって自作の句に思いもよらぬ意味を「発見」させられ、この体験を通じて「自分の句にどんな意味があるかは、句会にならなければわからない」「意味は他人が作ってくれる」という知見を得たのだという。

スタンド句会で「近代・現代の巨匠たちを自分の分身のように」使い、俳人になりきることで、俳句を作らずともそのような経験ができる。著者いわく、これが俳句を真剣に読み、論じる絶好のトレーニングになるのだ。

ちなみにここでの「スタンド」という言葉は、荒木飛呂彦という漫画家の代表作である人気バトル漫画『ジョジョの奇妙な冒険』に登場する用語で「さまざまな超能力をキャラクター化したもの」なのだそうだ。

人気漫画の内容もよく知らなかったし、有名な俳人になりきるというのもすぐにはピンとこなかったが、句を作らずに行う句会が初心者にとってトレーニングになるという著者の主張はおどろくべきものだった。なんとも破天荒な「入門書」だ。

すみれはここでいったん本を閉じた。

これを読めば、花子さんの不可解な言動を理解できる。紙野君はそう言った。紙野君はなぜ掛川さんにこの本を薦めたのか？

著者のネーミングの元となった漫画では、超能力をキャラクター化したものをスタンドと呼んでいるそうだが、この本では分身というイメージだろうか。有名な俳人たちを自分の分身であるかのように召喚し、彼らが作った俳句を自作のものであるかのように扱って句会をする——その行為のなかにヒントがあるのだろうか。

……うーん、難しい。スマホを手に取ってインスタを起ち上げ、紙野君から教わっていた「花子さん」のアカウントを読み込んでみた。

写真を見、コメントを読み進めるうち、はっとした。

花子さんについて、ある可能性に思い至ったのだ。

それに気づくと、すべての謎が解けて、目の前がぱっと開けたように感じた。

これだ——自力で謎を解くことができた。推理を検証してみる。穴はない——と思う。

明日夜の答え合わせが楽しみで、興奮して目が冴えてしまった。

『俳句いきなり入門』の続きはまた読むことにして、すみれはベッドサイドから最近の愛読書を手に取った。『食器と食パンとペン　わたしの好きな短歌』という本だ。さっきのは俳句だがこちらは短歌の本だ。帯のコピーにはこうある。

人気イラストレーターが
現代歌人の短歌をモチーフに描く、
ふうわりと
あなたの毎日に寄り添う
短歌 × イラストのコラボレーション。

著者はイラストレーターの安福望（やすふくのぞみ）。見開きの右ページに彼女が選んだ現代短歌一首が、左ページにはその歌にインスパイアされて彼女が描いたイラストが掲載されている。出版元はキノブックス。紙野君の古書コーナーの「短歌の本」というフェアで平積みされていたものを立ち読みし、気に入ったので購入した。紙野君のお墨付きだけあって、装丁も短歌のチョイスもイラストも、手に持ってちょうどいいソフトカバーの大きさや重さも、何もかもが好ましい本だった。

掲載されている短歌はひとりの歌人につき一首。どこか不思議で非日常的だったり、反対に何気ない日常を鮮やかに切り取ったり、切なかったり、これまで存在を知らなかった名づけようのない感情に気づかされたりとバラエティに富んでいるのだが、イラストの力にもよるのか、それらが混然としたまま調和して、お金では買えない、色とりどりの宝石が詰まったひとつの小宇宙を作っているような印象を受ける。

寝る前に適当なページを開き、いくつかの短歌とイラストを見、一日の終わりに雑事から心を自由にして眠りにつく。それがここしばらくの習慣となっていた。今日もそうして開くと、

たまごかけごはんぐるぐるまぜている卵うまない熊とわたしで　やすたけまり

という歌が現れた。

隣がイラストのページだ。小さな白い楕円形の卵がピラミッド型に積み上げられている。てっぺんには、黄身のようにも月のようにも見える、黄色い円。ピラミッドの両側には白い熊と、熊よりずっと小さな女性が描かれている。熊と女性はそれぞれ片手にたまごをかけたご飯茶碗を持って、もう片方の手をピラミッドに伸ばし、卵をおかわりしようとしているように見える。

繊細だがユーモラスなイラストが、不思議でほっこりしつつ、どこか寂しい短歌のイメージを深めている。見ていると思わず頰が緩み、ざわざわと騒がしかった心が静まってくるのがわかる。

今夜もいい夢が見られそうだ。

5

「面白い本ですねえ」

翌日。閉店後のすみれ屋のテーブルで、ほまりさんが言った。

昨夜の約束どおり紙野君に答え合わせをしてもらうため、すみれは三人分の軽い食事を用意してワインも出した。

「まさか俳句の入門書で『ジョジョ』が出てくるとは思いませんでした」ほまりさんが笑った。

「俺も最初に読んだとき、びっくりした」紙野君がうなずく。

「『ジョジョ』、ほまりさんは知ってたんだ」すみれは意外に思った。

「はい。少年漫画だし、わたしバトルものってあまり得意じゃないんですけど、『ジョジョ』は大好きです。とくに五部。ミスタと彼のスタンド、セックス・ピストルズが最高にキュートなんですよ――!」

興奮した様子で目を輝かせている。すみれには何のことやらちんぷんかんぷんだったが、こんなほまりさんを見るのは楽しい。

「ごめんなさい、取り乱しました」ほまりさんが両手で頬を押さえる。「本題からはずれちゃいましたね。全体的に俳句の入門書とは思えない過激さがあって楽しい本でした」

「だよね」と紙野君。「ふつうの入門書なら、定型や季語、切字(きれじ)の使い方や写生表現といったトピックから入るところ、まず句会をやるべし、俳句が作れなければ人の作品を使うべし、って、その時点で型破りだ。千野帽子というのはペンネームで、この著者の本業はフランス文学者。言葉を扱うプロフェッショナルでありつつ俳句には門外漢、というスタンスだから、これほど奔放な入門書を書けるんだろうね」

「『ジョジョ』もそうだけど、俳句をお笑いの『モノボケ』にたとえたり、ゴッホやロートレックや村上春樹(むらかみはるき)やヒップホップの話も出てきたり、自由極まりないですよね。途中いきなり話のスケールが大きくなったのも斬新でした」

「『言語論的転回』とかね。著者の専門分野なんだろうけど、俳句の、それも入門書で『ソシュールや構造主義言語学や記号論や言語哲学が二〇世紀思想に与えた深甚なコペルニクス的影響』とか出てくるとびっくりしちゃうよね」紙野君がにやりとする。

「実践的な入門書であると同時にすぐれた批評書でもあるのがこの本のミソだと思う。著者は、俳句に何らかの権威性を見出そうとするような旧来の価値観を徹底的に攻撃するとんがったスタイルを貫いてるけど、言語への深い関心や理解というバックボーンがそこに強度のある批評性を担保してる。入門書としては異端だろうけど、俺は著者の美意識が好きだし、本質的と感じる」

「異端かあ、たしかに。でもだからスリリングで刺激的なのかも」

ふたりの会話を聞いていると、すみれも早く残りを読み通したくなった。が、その前にやるべきことがある。今夜は胸に期するところがあった。

「さて。そろそろいいかな」ふたりに向かって切り出した。

「あ、答え合わせタイムですね」ほまりさんが反応する。

「うん。いい、紙野君？」

「あ、はい」

「じつはわたし、今回自信あるんだ」そこでほまりさんを見る。「あ、先に話してもいい？」

「どうぞどうぞ。わたし、推理しようとしたけど、結局わからなかったので」

「そうか。じゃあ――ふふふ」すみれはワインで口を湿らせた。

「結論。花子さんには秘密があった。手がかりとなるのは花子さんのインスタ。彼女のアカウントにアップされた画像には、人物が一切写っていない。被写体はインドアガーデニングの植物とおしゃれなインテリア、おしゃれな料理とキジトラの猫だけ。でもこのアカウントの写真には、花子さんが馬場さんの後輩である山田さんに送ったメールの内容を事実とすると、おかしなところがある」

「おかしなところ……ですか？」スマホを出していたほまりさんが首をかしげる。

「わたしも教えてもらったアカウントはチェックしましたけど、わからなかったな」

ほまりさんは指で画面をスクロールさせた。花子さんのアカウントを見ているようだ。すみれは自分がほくほく顔になるのがわかった。

「それは——猫を飼っているのはガーデニングと料理が撮影された部屋とはべつの住居、ということ。猫が写っている部屋には、猫に破られたというふすまがあった。でも花子さんが山田さんに送ったメールによると、彼女が住んでいるのはワンルームマンション。フローリングのマンションには、ふつう、ふすまはない」

ほまりさんが目を見開いて顔を上げた。すみれは続ける。

「それに猫がテレビを見ている写真では、猫はソファの上に乗っていた。でもガーデニングがある部屋に写っていた主な家具は、オープンシェルフとガラストップのテーブルと椅子、それにシングルベッドだけ。ソファもテレビも写っていない。そこがワンルームマンションならソファは置かず、テーブルと椅子のライフスタイルだと推測できる。さらに猫がコーヒーをこぼしたのはちゃぶ台で、ガラストップのテーブルじゃない。ワンルームにテーブルとちゃぶ台の両方を置くとは考えにくいから、これも猫がいる部屋とガーデニングをしている部屋がべつの住居だという推理を補強する材料よね」

「……ほんとだ。すみれさん、よく気がつきましたね」

ほまりさんの視線が心地よい。すみれは興奮しつつ紙野君に目を向ける。紙野君はパテ・ド・カンパーニュを無心に頬張っていたが、すみれの視線に気づくと咀嚼(そしゃく)しながらあわててうなずいた。

よし。

「では、どうしてそんな現象が起こったのか」

すみれは、容疑者が一堂に会した場で真犯人を暴き出すミステリー小説の名探偵になった気分で話を再開する。

「ここで、紙野君が掛川さんに薦めた『俳句いきなり入門』のスタンド句会がヒントになってくる。スタンド句会では、近現代の俳人たちが作った俳句をまるで自作の句であるかのように投句して句会を行う。言い換えれば、だれかべつの人のふりをするということ。そう——花子さんの秘密とは、ずばり、べつの人のふりをしていたこと」

いったん言葉を切ってためを作る。名探偵ならそうするだろうと思ったのだ。

「和室のある住居でキジトラの猫ちゃんを飼っていたのが、本当の花子さん。でも、インドアガーデニングが趣味でおしゃれなワンルームマンションに暮らしていたのは、彼女ではなくべつの人だった。じゃあいったいだれか？　それはおそらく――時々料理を作って花子さんを招いてくれている、花子さんの親友。コメントとは反対に、花子さんは親友を招く側ではなく招かれる側だった、というのが真相。彼女はその都度、手料理を含めた親友の部屋の写真を撮影し、それをさも自分の部屋であるかのようにアップしていた」

　ほまりさんが、飲みかけのグラスを手にしたままぽかんと口を開けた。いい気分だ。

「花子さんはなぜそんなことをしたのか？　ここで今回の話のスタートラインに立ち返ってみると、そもそもの謎は、花子さんが婚活サービスでデートをしたふたりの相手に対して、デート後のメールで、会っていたときとはまるで別人のように失礼な言葉を投げかけた行為の奇妙さ、だったよね。わたしの推測では、メールの文面こそ彼女の本質に近いもので、デートのときは外面を取り繕っていた。花子さんがデートに至る以前から掛川さんや山田さんに対して嘘をついていた、と考えれば、ふたりの前で演技をしていたとしても、それほど不思議ではなくなってくる。では、花子さんがついていた嘘とは何か？　それは――婚活市場で指標となるスペックを偽っていたこと」

　ほまりさんが「あ」とつぶやいた。

「年齢は本当かもしれない」すみれは続ける。「けど、難関国立大卒で一部上場企業に勤務して年収は約七百万円、投資用に購入したワンルームマンションに住んでいるというプロフィールは嘘。たぶん親友のを拝借したんじゃないかな。インスタの写真はその高スペックを装うための舞台道具だった――」

ほまりさんが「おおっ」と声を出す。

「でもまだそこで終わりじゃない。花子さんが年齢以外のプロフィールを偽ったのはもちろん、リアルな自分では出会えないような高いスペックを持つ男性をつかまえるため。ただ、その真の目的は結婚にはなかった」

「じゃあ何のため……？」ほまりさんが身を乗り出す。

最高に気持ちがいい。すみれはワインをひと口飲んでから種を明かす。

「花子さんが掛川さんと山田さんに送ったお断りメールの内容を思い出して。断った理由はどちらも、将来設計にかかわるものだった。掛川さんには、現在同居しているお母様と結婚後も同居を続けるつもりでいることが問題だと書いた。いっぽう山田さんには、彼が将来日本を出て海外で暮らそうとしていることを障害とみなした。でも花子さんが本当に気にしていたのは、結婚相手の親と同居することでも、慣れ親しんだ日本を離れて暮らすことでもなかった。彼女の真の目的は、山田さんにお断りメールを出したあと変更したプロフィールの希望条件からたやすく推測できる」

「えーと、たしか『結婚後、都内に新築の戸建てを購入することが可能な人』っていう条件を追加したんでしたっけ？」

「そう。花子さんが婚活サービスに登録した真の目的――それは、婚活をしている裕福な男性に都内に一戸建てを購入させること。覚えてない？　何年か前、婚活をしている男女に相手を探しているふりをしてアプローチし、結婚をちらつかせてマンションや宝石などを購入させるデート商法が問題になったのを。そう、花子さんの正体は――婚活女性を装う不動産業者だった。だから、いくら高収入の男性でも都内に戸建てを購入するつもりがないとわかると、たちまち態度を一変させて断った」

一瞬の沈黙のあと、「すごーい」ほまりさんが興奮した様子でぱちぱちと手を叩いた。「完璧な推理じゃないですか？　鳥肌立っちゃいました」

決まった――自分がどや顔になるのがわかった。

「けど……当たってたらちょっと怖いですね」

「そうだね。ただ、わたしの考えどおりなら、掛川さんも山田さんも家を売りつけられるという被害は受けずに済んだことになるかな。これが今回のわたしの推理――どう、紙野君？」

ほまりさんも紙野君を見る。紙野君はじっくり味わっていたパテ・ド・カンパーニュをワインで流し込み、ペーパーナプキンで口を拭った。

「俺が考えたこともすみれさんと同じです――途中までは」

「途中まで？」ショックだ。「え――てことは今回もやっぱり駄目かあ」

「もちろん、あくまで俺なりの考えです。当たっているとはかぎらない。ただ俺には、すみれさんが気づいていなかったあることが引っかかりました」

「わたしが気づいてなかった『あること』……？」

「俺も、キジトラの猫が写っているのがガーデニングの部屋とはべつの住居である、というところまではすみれさんと同じ考えです。ちがうのはそこから先です。最大のポイントは、猫でした」

「猫――？」

「花子さんは相手への希望のひとつとして『ペット好きで、猫アレルギーがない人』という条件を挙げています。これ自体は、猫を飼っている人が出したものとすれば何ら不思議ではありません。が、それを前提としてインスタのガーデニング写真のコメント内容を知れば、猫好きならだれでもぎょっとすると思います。昨夜宍戸さんが読み上げた花子さんのコメントにあった植物は、フィロデンドロン、クリスマスローズ、そしてスイセン――この三種はどれも、もし猫が口にしたら場合によっては命にもかかわる、毒性を持った植物なんです」

「えっ――」知らなかった。

「じつは、人間は哺乳類のなかでも植物毒への耐性が際立って高いそうです。われわれには害がないどころか、むしろ健康にいいとさえ言われる玉葱は、ペットの犬や猫には中毒を起こす有害物です。観葉植物もペットが口にしてしまうおそれがある。猫にとって危険な植物は家に置かないというのは、猫を飼う人間にとって常識であり鉄則です。花子さんが猫を飼っているなら、これらの植物を家に置いているはずがない。俺はまずそこに強烈な違和感を覚えました。明美さんに花子さんのインスタを見せられ、すみれさんと同じように、猫を飼っているのがガーデニングの部屋とは異なる住居だと気づいたときは、心底ほっとしましたよ」

「そうだったんだ」

「と同時に、今度は新たな疑問も生じます。写真にコメントしている花子さんはどちらの住居に住んでいるのか？　俺は、すみれさんとは反対に、ガーデニングの部屋に住んでいると考えたんです」

「それはなぜ？」

紙野君はスマホを手に取って操作した。花子さんのインスタを確認しているようだ。

「そのヒントになったのも猫でした。猫の写真にこんなコメントがあります。まずこれ──『張り替えたばかりのふすまをボロボロにするやんちゃさんですが、ママのお気に入り、箱入り娘の座は揺るぎません。「婚活もしなくていいんだにゃあ」』。それから、マグカップを倒してちゃぶ台にコーヒーをこぼしている写真の『見たにゃあ？』。そして、テレビに映る猫を見ている写真の『お気に入りのソファの上でTVに映った血統書つきの美猫に見入る雑種の美猫。「人間とちがって、メイクなんかしなくてもきれいだもんにゃあ」だれが不出来なお姉ちゃんですって？』。」

すみれとほまりさんも自分のスマホで確認する。

「最初俺は、これらのコメントの『ママ』とは飼い主である花子さんのことだと思っていました。『箱入り娘』である飼い猫のキジトラと対応します。かぎかっこ内の言葉は、キジトラを擬人化した花子さんが、キジトラの内心をくみ取って自ら当てた台詞(セリフ)だろうと。ところが『だれが不出来なお姉ちゃんですって？』というコメントを見て、あれ？　と思ったんです」

「どういうこと？」

「キジトラは雌猫でまちがいないでしょう。『ママ』が花子さんだとすると、この『お姉ちゃん』は、一見すると雌猫であるキジトラが自分のことを指す一人称にも思える。でもこの部分は、かぎかっこでくくられていない地の文になっていた。つまり、これまでのルールに当てはめるなら、キジトラの台詞ではないという結論になる。では、だれの言葉か。コメントを書いている花子さんのものと考えるのが自然でしょう。とすると、このコメントの『お姉ちゃん』は、キジトラではなく花子さんの一人称ということになる」

「――なるほど、そういうことか」

「ええ。そうなると、ひとつ目のコメントの見方も変わってくる。ペットに対して女性の飼い主が自分を家族の一員として姉になぞらえることも、母親になぞらえることも不思議ではありません。でも、その役割はどちらかに統一されているのが自然ですよね。つまり花子さんがキジトラの『お姉ちゃん』を自認するなら、『箱入り娘』のキジトラを『お気に入り』とする『ママ』は、花子さんとはべつの人を指しているこ とにならないでしょうか」

「あ――」ほまりさんが声をあげる。「花子さんがキジトラちゃんの『お姉ちゃん』なら、『ママ』は……ひょっとして、花子さんのお母さん、ですか?」

紙野君はうなずく。

「俺はそう考えた。そこまでの推理を整理すると、こうなる。キジトラと同居して飼っているのは花子さんのお母さん。お母さんと猫が暮らすのは、おそらく花子さんの実家。花子さんはいまは実家を出て、ガーデニングをしているワンルームマンションに住んでいる。将来のため投資用に購入したマンションでひとり暮らしをしているいまだからこそ、猫の心配をすることなくインドアガーデニングを楽しんでいる。そう考えると、インスタの写真と花子さんが山田さんに送ったメールとの辻褄も合う」

みれとほまりさんは顔を見合わせた。お互い紙野君の推理に感嘆しているのがわかった。すみれは口を開く。

「──じゃあ、婚活サービスに登録してる花子さんのスペックに嘘はないということ？　学歴も収入も？」

「俺はそう思います」紙野君はうなずいた。

「けどちょっと待って。もしそうなら──紙野君が掛川さんに『俳句いきなり入門』を薦めたのはなぜ？　スタンド句会はなんのヒントになってるの？」

混乱するすみれと裏腹に、紙野君は落ち着き払っている。

「すみれさんが推理したとおり、だれかべつの人のふりをする、ということです。ただし、べつの人のふりをしていたのは、花子さんではなく──彼女の母親です」

思いもよらぬ言葉に、すみれは困惑する。

「だって──スペックが本当なら花子さんは三十三歳。お母さんがいくら若くても五十歳は超えてるんじゃない？　美魔女なんて言葉もあるけど、さすがにデートすれば相手にはバレるんじゃないかしら」

「そっちじゃないんです。掛川さんや山田さんとデートしたのは、花子さん本人。花子さんの母親が花子さんになり代わったのは、デート後のメールだと思います。花子さんからデートの内容を聞いたあと、娘になり代わって掛川さんや山田さんに断りの文面を書いた。プロフィールの希望条件が書き換えられたのも、お母さんの意向によるものでしょう」

「え――えええっ!?」すみれはいっそう混乱する。「たしかに、メールなら年齢でバレないと思うけど、でも、なぜ……?」

「考えられる答えはひとつ――花子さんを、母親である自分にとって都合のよい相手と結婚させるためです。花子さん自身にとって、ではなく」

ほまりさんは「――そうか」と言った。すみれはその推理の意味するところに気づいて身震いした。紙野君が続ける。

「花子さんの母親の目的はおそらく、結婚後、都内に新築した戸建てで娘夫婦と同居して世話をしてもらうこと。だから結婚相手には猫アレルギーがないことを条件とした。自分の母親の面倒をみるつもりでいる掛川さんや、将来海外で暮らす予定の山田さんにデート後に駄目出しをしたのも、それが理由です」

「ちょ、ちょっと待って――プロフィールが嘘でないなら、花子さんは高学歴で一流企業勤めの大人だよ。そこまでお母さんの言いなりになる?」

「毒親、ってやつじゃないでしょうか」と言ったのはほまりさんだ。

「毒親?」

「子供の人生を支配して悪影響をもたらす親のことです。もともとは、スーザン・フォワードという人が書いた『毒になる親　一生苦しむ子供』という本が日本でもベストセラーになって、そこから生まれた言葉だったかと。自己肯定感が低くて人生がうまくいかない人の多くに、無責任すぎる親やコントロールしたがる過干渉な親、アルコール依存症の親や虐待をする親の存在がかかわっている、っていう内容だったと思います。つまり子供の人生に生涯にわたる害悪を及ぼす、毒になるような親のこと。聞いたことありません？」

「そういえば――そういう意味だったのか」

「すみれさん、毒親とは無縁そうですもんね」ほまりさんが微笑む。「日本だとその後、アダルトチルドレンにも詳しい心理学者の信田さよ子さんの『母が重くてたまらない――墓守娘の嘆き』とかの本がきっかけで、母の娘に対する執着というテーマに関心が集まって、いまも広く読まれてるんじゃないかな。わたしの友達にもそれで悩んでる子がいるし、花子さんのお母さんみたいな人のエピソード、珍しくないかもです」

そうだったのか。そうしたことにうとい自分がなんだか恥ずかしい。

「知らなくて幸いかもしれません」紙野君が言った。「親子関係は、およそあらゆる精神病理の病巣であると言えなくもないですからね」

「でも――」ほまりさんがため息をつく。「もしこの推理が当たってたら、すみれさんの推理した真相より、よっぽど怖いかも」

6

その後しばらく、掛川さんがすみれ屋に姿を見せることはなかった。

明美さんもだ。

彼女がひとりで店に来たのはひと月後だった。

「あー、久しぶりだー」注文したチーズスフレを食べると、明美さんは感極まったようにふるふると首を振った。「忙しかったり体調崩したりで来られなかった間、ずっとこれが恋しかったのよお。んー美味しい」

豪快にチーズスフレを食べきると、紙野君に二杯目のワインを注文した。

「そうだ。あのあと、掛川さん、お見えになった？」

「いえ」紙野君が答える。

「そう。あ、わかったわよ、花子さんの謎――スタンド句会のヒントで」

明美さんが紙野君に語った推理は、紙野君の推理と完全に一致していた。感心しつつ、すみれはちょっと悔しくもあった。

「どう、紙野君？」

「俺も同じ結論でした」

「――やった！」明美さんはガッツポーズになった。「でも、考えてみたら、この推理が当たってるかどうか確かめる方法ってないのよね、残念ながら」

そうなのだ。真相を確かめるには「花子さん」本人に訊くしかない。

「真相は迷宮入りのまま、か」明美さんがつぶやく。「でも、掛川さんには少しでも救いになるかしら。逆に女性不信が強まったり……？　どっちにしても、話してみたいわあ」

そのとき、入口のドアが開いた。明美さんが目を向ける。入ってきたのは――掛川さんではなく女性だった。はじめてのお客様だ。ほまりさんが出迎える。

「おひとりですか？」

「ふたりです」女性が答えた。「待ち合わせで」

三十代くらいだろうか。カラーリングをしていないらしいセミロングの黒髪。ベージュのジャケットとスカートのセットアップに、白いブラウス。大きな革のブリーフケースを見ると仕事帰りだろうか。

「カウンターへのご案内になりますが、よろしいでしょうか」

「ええ、かまいません」

テーブル席が埋まっていたので、ほまりさんは女性客を明美さんの席からひとつ空いたカウンター席へ案内した。

黒板のメニューから彼女は紙野君にオーガニックワインの白と、茄子とナッツのパテをオーダーし、少し緊張した様子でぐるりと店内を見回した。

また入口のドアが開き、明美さんが「あら」と言った。

入ってきたのは——掛川さんだった。

掛川さんはまっすぐカウンターに進み、迎えたほまりさんに「待ち合わせです」と告げ、カウンターに座っていた女性客に「お待たせしてすみません」と言った。

「いえ」女性客が答える。「わたしもいま来たところです」

「あ、そうでしたか……よかった」掛川さんが微笑み、明美さんに気づく。「どうも」

「今晩は」と明美さん。待ち合わせ相手への興味が隠せていない。

「そうだ。ご紹介します——」掛川さんが女性のほうを示した。「こちら、沢崎（さわざき）多香子（たかこ）さん」

「沢崎です。よろしくお願いします」多香子さんが明美さんに会釈する。

「はじめまして、宍戸明美です」明美さんも頭を下げる。

「沢崎さん」掛川さんがカウンターのなかに目を向ける。「もうおわかりだと思いますが、こちらが紙野さんです」

「はじめまして」多香子さんは紙野君に声をかけた。

紙野君が「紙野です。掛川さんにはお世話になっています」と応じる。

「それはこちらの台詞です」と言ったのは掛川さんだ。「私と沢崎さんは今、結婚を前提におつき合いさせていただいていますが、それもすべて紙野さんのおかげです。慧眼（けいがん）な紙野さんならお見通しかもしれません。沢崎さんは——前回私が来たとき、宍戸さんや馬場さんと話題にした『花子さん』です」

「えっ、そうだったの——」明美さんが声をあげる。

すみれも耳を疑っていた。

「はい」と花子さん——いや、沢崎多香子さんがうなずいた。


「紙野さんにおすすめいただいた『俳句いきなり入門』のスタンド句会のところを読んで、ある可能性に思い至りました」

ドリンクと食べ物を注文したところで、掛川さんはあらためて説明した。掛川さんも紙野君と同じ結論を導き出していたのだ。

「それで——思い切ってまた沢崎さんに連絡してみたんです。メールではなく、インスタのアカウントに。お断りのメールを書いたのは沢崎さん本人じゃなく、お母さんだったのでは？　と」

「すごい」明美さんが感心する。「勇気ある行動でしたね」

「われながら。ひょっとしたら自分がまちがっていて、ストーカーみたいに思われる危険もあったので三日ほど悩んだんですが。でも、沢崎さんからお返事いただくことができました――そのとおりですと」

「びっくりしました」多香子さんが口を開いた。「わたしは掛川さんのほかにもおふたりの方に、同じような失礼を働いていました。ひどいことをしているという自覚はありました。罪悪感も……でも、母に逆らうこともできず、自分が皆さんを傷つけた側なのにものすごく苦しかったんです。掛川さんに真実を言い当てられたとき、最初はショックで動揺するばかりでした。申し訳なさと恥ずかしさと情けなさと自己嫌悪と――この世から消えてしまいたいとさえ思いました。失礼を働いた方たちにすれば、被害者ぶって図々しいと思われるにちがいない、と考えてさらに苦しくなって」

一見したところ、多香子さんは穏やかで感じのいい人に見える。社会人としても落ち着いていて、女性としての魅力も感じられる。そんな風に心の内に葛藤を抱え、自己嫌悪に苛(さいな)まれているようにはとても見えなかった。

「もうおしまいだ――そんな風にも思いました。掛川さんやほかのおふたりに悪質な会員として婚活サービスに報告されたりしたら、アカウントが停止されるにちがいないと。迷惑をかけたお相手より自分のことを心配するのもわれながらひどい話ですよね。でもそう思ったとき、気づいたんです――そうなればもう婚活しなくてもよくなるのでは？　少なくとも、いまのような形では、って。自分の力では無理だけど、婚活サービスから母のしていることにＮＧを突きつけてもらえたら――そうなってしまえば、こんなことを続けずにすむ、と」

そこで多香子さんは、自身と母親のことを話しはじめた。

多香子さんはご両親と彼女の三人家族だったが、十歳の頃に父親が亡くなり、母親が女手ひとつで彼女を育てた。母親にはもともと過保護なところがあったが、多香子さんが思春期を迎える頃からその傾向に拍車がかかり、進路はもちろん、友人関係や日々の細かなことに至るまで、娘の行いを自分の意向に沿わせようとするようになった。

多香子さんもその束縛を不自由に感じたものの、母親が娘である自分のために自らの人生を犠牲にしているという負い目のほうが強く、彼女に逆らうことはできなかった。

多香子さんが大学を卒業して社会人になってからも母親の過干渉が収まることはなかった。それどころか、多香子さんが収入を得るようになると、母親はいくつかかけ持ちしていた仕事を辞め、時間に余裕ができたことで多香子さんへの干渉やコントロールがさらに強まる結果となったという。

「いま思えば、ちょっと束縛がきつ過ぎる親でした――」

社会人となった娘のつき合う友人やプライベートの過ごし方、着る服まで自分の思いどおりにしたがる母親との関係に、多香子さんもさすがに危機感を抱くようになっていった。このままでは自分の人生が駄目になってしまう。そう考えた多香子さんは母親からの自立を決意し、猛反対を押し切って実家を出、ワンルームマンションでひとり暮らしをはじめることに成功した。

が、それでも母親からの執拗な過干渉を断ち切ることはできなかった。彼女は多香子さんを責めた。自分は人生を犠牲にし、身を粉にして働いてひとり娘のあなたを育て上げた。なのにあなたは、自分で稼げるようになったら、世界でたったひとりの母親を用済みになったと平気でポイ捨てするのか。わたしが心血を注いで娘を育てたのは、そんな血も涙もない恩知らずのモンスターにするためだったんじゃない、等々。

幼い頃に植えつけられ、くり返し強められた罪悪感は重い呪縛の鎖となって多香子さんをがんじがらめにし、彼女が自由になることを許さなかった。離れて暮らしても、多香子さんは母親の精神的な支配から逃れられず、自立を果たすことはできなかったのだ。

母親に言われるまま婚活サービスに登録したのは、そうした母子癒着の結果だった。プロフィールや希望条件などを書いたのも、デートする相手の男性を選んだのも多香子さん本人ではなく、アカウントを管理していた母親だった。

「――わたし自身、お互い信頼し合える男性と出会えたら結婚したいとは思っていました。なのに、ここでも母は自分の意向のほうを優先させたんです」多香子さんはそう言って顔を曇らせた。「掛川さんとのデートのあと、すぐその内容を母に報告させられました。すると、掛川さんが結婚後もお母様と同居するつもりでいると知ったとたん、母が激怒したんです。わたしの結婚後は、自分こそ娘夫婦の家に同居するつもりだったというのがその理由でした。母はすぐ、自分で書いたお断りのメールを掛川さんにお送りし、プロフィールの希望条件も変更しました――本当にすみません」

「いや、もう充分過ぎるくらい謝っていただいているので――」掛川さんが困ったような顔でなだめた。

「言い訳にしかなりませんが、ほかのおふたりの方に同じような失礼をしている間も、心の底ではもうこんなことは続けたくないと思っていたんです。掛川さんにダイレクトメッセージでご連絡をいただいて煩悶（はんもん）したあと、そのことにはっきり気づくことができました。あらためて――自分と母親との関係がどんなに異常なものだったかにも」

苦しげに言って深呼吸をした。目が潤んでいた。

「掛川さんにわたしたち親子がしていたことを見破っていただいて、わたしは今度こそ母との依存関係を断ち切ろうと決意しました。本を読んだりカウンセラーに相談したりして、母と距離を取る努力をはじめたんです。母は婚活サービスのアカウントを使って自分の選んだ相手とわたしをデートさせようとしていましたが、わたしは無視しています。マンションに押しかけてきたときは、ホテルに避難しました」

「大変なご決断と勇気でしたね」紙野君が言った。

「ええ。でも——それができたのも、掛川さんのおかげです」多香子さんの表情が緩んだ。「あんなことをして、絶対に許していただけないだろうと思っていましたが、掛川さんはわたしの謝罪を受け入れてくれました。それだけじゃなく、おつらかったでしょう、と慰めの言葉まで。まさかそんなことを言ってもらえると思わなかったので、わたし——」多香子さんは言葉を詰まらせた。「……ごめんなさい」

「いや……」掛川さんは照れくさそうに、「もしそうだったとすれば、沢崎さん、よほど無理しておられたんだろうと。それなのに、お会いしたときはとても温かく接してくださって、かえって申し訳なく思えて」

「楽しかったんです、本当に……」多香子さんが泣き笑いのような顔で言う。「掛川さん、ご自身の優秀さを鼻にかけたりすることもなく、終始こちらを気遣ってくれて。ちょっと天然なところもあったり。だから——激怒した母があんなメールを送ったことが本当につらくて」

掛川さんは、そんな多香子さんを愛おしげに見つめ、微笑んだ。

「沢崎さんが本心を話してくださったので、思い切ってまた会ってくださいとお願いしたら、オーケーをいただいて――それでおつき合いすることになったんです」

「そうだったんですか――よかったあ」明美さんが感じ入ったように言った。

「紙野さんがきっかけを作ってくれたおかげです」掛川さんが言った。「本当に感謝しています」

多香子さんも「ありがとうございます」と頭を下げた。


「いやあ、よかったですねえ、掛川さんと多香子さん」

閉店後。食器を洗いながらほまりさんがしみじみ言った。「人のことなのに、なんだかこっちまで幸せな気持ちになっちゃいました」

「ほんと」キッチンを掃除しながらすみれも同意する。「まさかあんなハッピーな展開になるとはねえ」

「このままうまくいくといいですね」

「そうなるよ、きっと」

「なんでですか――あ、そうか」ほまりさんが、古書スペースで作業している紙野君を見る。「紙野さんがこの店でキューピッド役になったカップルは、皆さんうまくいってるんだった」

そう。紙野君はこれまでにも何度かこの店でキューピッド役を演じているが、その恩恵にあずかったカップルは、みなその後もうまくいっている。

「もったいないなあ」ほまりさんが言う。

「何が？」

「それだけのすごい力を、なんで他人じゃなく自分のために使わないんでしょうね、紙野さん？」

すみれはスポンジを握る手を止めた。ほまりさんは、すみれと紙野君を見比べて、意味ありげににこにこしている。

年甲斐もなくすみれの顔が赤くなるのと、古書スペースで紙野君がくしゃみするのとが同時だった。

一期一会のサプライズ

1

「あれ、この『ニューイングランド・バー・ピザ』って新しいメニュー？」

小さな黒板に書いたおすすめメニューを見た那須山（なすやま）さんが、カウンターのなかのすみれに声をかけてきた。

「そうです」

「はじめてじゃない？　ピザ。何だっけ、フランスのそれっぽいのはあったけど」

「タルト・フランベですね」

「アルザス風ピッツァ」とも呼ばれるタルト・フランベは、薄く焼いたパン生地に生クリームを混ぜたフロマージュブランを塗り、スライスした玉葱や薄切りベーコンを載せて焼いたものだ。

「それそれ。でも今度のははっきり『ピザ』か。ピザ好きとしては期待大だな。ニューイングランド……ってことはアメリカンなやつか。少し前から流行ってるシカゴ風ピザみたいな？」

「すごく惜しいです。日本でシカゴ風ピザっていうと、深い焼き皿で焼いたピザ生地のなかに具とソースが詰まったパイみたいなものをイメージしますよね？」

「うん。何軒かで食べたけど、ものすごくボリューミーだった。俺みたいな大食らいでも、ふた切れ目がもうきつくなるくらいの」

那須山さんは男性としても大柄で、がっちりした体格をしている。四十歳前後だが、テレビのカメラマンという体を使う職業柄もあってか健啖家だ。

「シカゴ風ピザはケーキ型みたいな深い焼き皿で焼くので、ディープディッシュ・ピザとも言います。アメリカでもシカゴ風ピザの代名詞といえばそれですね。東海岸のボストンなどで主流になっているニューイングランド・バー・ピザも焼き皿を使いますが、シカゴ風より焼き皿がずっと浅いので、薄焼きになります。大きさもかなり小ぶりです。日本ではほとんど見かけないタイプだと思います」

水曜日の夜。遅い時間で、テーブル席は埋まっていたが、カウンター席には那須山さんひとりだった。カウンターのこちら側にはドリンクを担当する紙野君もいる。

「うわあ、旨そう！　そんな説明聞いちゃったら、頼むしかないじゃん」那須山さんはうれしそうだ。「まずそれひとつね」

「十五分少々お時間いただきますが、大丈夫ですか」

「シカゴ風ピザより早いよね。オッケーオッケー」

「かしこまりました」すみれは微笑んだ。

那須山さんは、すみれ屋から駅ふたつ離れた街のマンションに住んでいる。独身だという。グルメ雑誌の編集長である常連の宍戸明美さんの知り合いで、最初は彼女に連れられてきた。以来、こうしてよくひとりで訪れる。

すみれは注文された品を作りはじめた。

アメリカで独自に発展を遂げたピザの特徴のひとつは、専用の焼き皿(パン)を用いること。中力粉をこねて発酵させ、一枚分ずつ丸めておいた生地を延ばして焼き皿に載せる。焼き皿は直径約二十三センチ。底と側面にオリーブオイルを塗っておく。それよりひと回り大きく延ばしてある生地の縁は、焼き皿の側面にしっかり押し当てて立てるのがポイントだ。

ぴったり生地を敷きつめたら、自家製のトマトソースを縁の部分までくまなく塗り、シュレッドした同量のモッツァレラチーズとチェダーチーズを混ぜたものを、これも端までしっかりまぶす。その上にスライスしたペパロニを載せたら余熱したオーヴンに入れ、高温で焼く。

本場のナポリピッツァは薪窯(まきがま)で六十秒から九十秒という短時間で焼き上げるが、このピザは十分以上かける。ふつふつと泡立ったチーズがこんがり色づき、生地の縁も茶色くなるまで火を通したところで、焼き皿ごとオーヴンから出す。大きなスパチュラで生地をまな板へ移し、包丁でざっくり切り分けて皿に盛る。熱気とともに、スパイシーなペパロニとチェダーチーズの濃厚な香りがふわんと立った。

森緒ほまりさんが、那須山さんにサーブする。

「――おお！」那須山さんが声をあげた。「たしかに。この感じのピザ、はじめて見たかも！　テンション上がるな。どれ――」

那須山さんはナイフもフォークも使わず手でひと切れをつまみ上げると、口のほうを近づけるようにしてピザにかぶりついた。熱かったのだろう、はふはふと息をもらしながら、それでも豪快に頰張った。一気にひと切れ食べ終えると、紙野君がサーブしたクラフトビールのグラスをつかんで喉を鳴らしながら飲む。グラスを置くとまぶたを閉じ、大きく息をついてから目を上げた。思わず見つめていたすみれと目が合うと、

「すみれさん！　旨いね、このピザ。たまんないわ」

「ありがとうございます」自分の表情が緩むのがわかった。

那須山さんの勢いは止まらず、ふた切れ目に手を伸ばすと、たちまちお腹に収めてしまった。

「ほっとくと一気にいっちゃいそうだね、これ」那須山さんは言った。「イタリアのピッツァでも薄くてクリスピーなローマ風とかあるけど、それとも全然ちがう。オイルを塗った焼き皿で焼いてるからか、ピザ生地の底や縁が揚げたみたいにかりかりに

なっててさ。同じ焼き皿を使ってても、シカゴ風はチーズがソースの下になってるから、とろっとしてるよね。でもこっちはこんがり焼き目がついてて、ペパロニと相まってコクと香ばしさが爆発して——ビールと一緒に食べると一瞬で消えちゃう」

「最高のコメント、ありがとうございます。グルメタレントさんも顔負けですね」

「いやいや、本職にはかなわないよ。何しろ勉強量がちがう。勉強っていえば……すみれさんの料理はどれも本当に旨いけど、料理の専門学校にも通ってないし、専門店で修業したこともないって言ってたよね？」

「ええ。料理は独学です」

脱サラして開業の準備をしていた頃、いくつかのカフェで働いたが、料理よりむしろ接客や経営を学ぶことが目的だった。

「アメリカ料理が中心なのはどうして？」

「学生の頃、シアトルに留学してたんです。それまでは、アメリカの食べ物ってハンバーガーとホットドッグ、ステーキくらいしかイメージできなくて。でも実際に暮らしてみたら、移民が作りあげた国ならではの、多彩なルーツのある味の宝庫だとわかりました。それで、休みを使ってあちこちの料理を食べ歩くようになったんです。そうしたら、アメリカ料理の奥深さにどんどんはまっていって」

「こういうお店、ありそうでないよね。俺はプロデューサーやディレクターじゃないから出演のオファーはできないけど、いま一緒に料理番組やってるタレントさんにぜひ教えてあげたいな。問題ないよね？」

「もちろんです」

「ちなみに、そのタレントさんって？」と会話に参加したのは、ほまりさんだ。

「浜岡（はまおか）さん」

「浜岡さんって……もしかして、浜岡ススムさんですか？」

「うん」

「すごーい」

それほどテレビを観ないすみれでも、浜岡ススムというタレントのことは知っていた。十数年前、当時大ヒットしたドラマに子役として出演し、日本中のお茶の間の涙を誘う名演技を披露した。その後しばらく活躍したが、学業に専念するため何年か芸能活動を休止していた。大学を卒業して芸能界に復帰してからは、俳優だけでなくバラエティタレントとしても活動の幅を広げるようになった。とくに最近はグルメリポーターとして活躍している印象がある。たしかまだ三十になるかならないかだが、グルメのキャリアは子役時代にはじまっている。美味しいものを食べ歩いてきた筋金入りの食通として、あちこちの番組から引っ張りだこのようだ。

「『厨（くりや）の七匠（ななしょう）』って知ってる？　俺、少し前からあの番組の撮影やってるの」那須山さんが言った。

「ほんとですか」ほまりさんが目を輝かせた。「毎週録画して観てます。いま、お寿司編ですよね？」

「そうそう。すみれさんは？」

「タイトルだけは何かで目にしたような……でも観たことは」

「面白いですよー。料理が好きな人なら絶対に楽しめます」とほまりさん。

「どんな番組なの？」

「わたしが説明してもいいですか？」ほまりさんは那須山さんに断ってから、「『厨』って台所、キッチンのことですよね？　で、『七匠』は七人の匠を意味します。『厨の七匠』は、ひとつの料理をテーマにして、それを専門にする料理人を七人選び、毎週ひとりずつ紹介する番組です。これまで、蕎麦、天ぷら、ステーキというテーマが放送されました。いまやっているのが寿司です」

「情報番組で番宣できるくらい、完璧な説明だね」那須山さんがにっこりした。

「面白そう」すみれも興味を惹かれた。

「人気もあるし、スタッフの熱量も高い番組であることは俺が保証するよ。出演してくれる料理人も一流のプロばかりで、現場で仕事ぶりを見たり話を聞いてると、カメラを回してる俺も本気で感動する。またMCの浜岡さんが素晴らしいのよ」

「テレビで観てても好感度高いですけど、どんな人なんですか」ほまりさんが訊ねた。

「本人もすごく好青年だよ。芸能界であれだけ裏表がない人は珍しいんじゃないか。食べることが好きだからふだんからまめに情報収集して、自分の足で取材してる。努力家で勉強家だけど、知らないことは知らないと素直に言える。だから料理人からも信頼される。あの番組は浜岡さんが構成にも参加してて、彼の個人的なコネのおかげで取材させてもらってるお店も多いんだ」

「あの若さですごいなあ」

「子役で天下獲(と)ったのに全然偉ぶってなくて、スタッフとか裏方の評判も上々だよ」

「ますます応援したくなりました」

「わたしも絶対に観よう」すみれはふたりに宣言した。「お寿司も大好きだし」

「ぎりぎり間に合いましたね、すみれさん。お寿司編はつぎで終わりです。たしか取り上げられる名店は、人形町(にんぎょうちょう)の『達富(たつとみ)』さん。ですよね、那須山さん?」

「うん」

すみれも名前だけは聞いたことがある老舗(しにせ)だ。

「ほんと毎回テレビにかぶりつきですよ。那須山さんが撮ってたんですね。ステーキもお寿司も美味しそうですよねえ」

「あ、そう？　照れるなあ」

「『達富』さんのお寿司もばっちりですよね？　楽しみ」

「まあ、ね……」那須山さんが少し考えるような顔になった。「それは大丈夫だと思うんだけど」

「あれ？　何か煮え切らないですね？」ほまりさんが首をかしげる。

「いやちょっと思い出しちゃって。あ、ほまりさん、ビールのおかわりちょうだい」

「はーい。紙野さん、お願いします」

「了解」紙野君がカウンターごしにビールをサーブした。

「ありがと」那須山さんは紙野君を見た。「紙野君――ちょっと相談したいことあるんだけど。謎――っていうか、ひとつ気になってることがあって。ひょっとすると俺が気にし過ぎてるだけで、なんの問題もないのかもしれない。それならそれで、そのほうがいいんだけど、洞察力のある君なら俺には見えてないものが見えるんじゃないかと思ってさ」

紙野君の「能力」のことを、那須山さんは宍戸さんから聞いて知っている。

「いま聞いてもらっていいかな。ちょうどカウンターにお客さんもいないし」

紙野君はすみれを見た。すみれはうなずく。

「仕事をやりながらになってしまいますが、かまいませんか？」

「もちろん。ただ、勝手なんだけど、相談の内容もここだけの話にしてほしいんだ。

すみれさんとほまりさんも」

「わかりました」

紙野君が答え、すみれとほまりさんはうなずいた。

「じつは、まさにいま話してた『厨の七匠』のことなんだ。おととい収録があった、寿司編の締めくくりの回が、東京・人形町にある『達富』さんっていう店で――」那須山さんは切り出した。「ほまりさんの説明を補足すると、『厨の七匠』は番組スタッフによる料理人の密着取材と、店を訪れた浜岡さんの料理人へのインタビュー映像とで構成されてる。おとといの収録はそのインタビューね。昼と夜の営業時間の間に店で撮影させてもらった。スタッフも予定どおり段取りして、浜岡さんも定刻に現場入りした――」

那須山さんの話によると、当日の様子は以下のようなものだった。

2

現場入りした浜岡氏は、カメラを回す前にまず店主の達富氏に挨拶をした。
「こんにちは、達富さん。今日はお世話になります」

「こんにちは。よろしくお願いします」すでに白衣に着替えている達富氏が頭を下げた。

浜岡氏は十代の頃から達富に通う常連客だ。

「お忙しいなか、無理なお願いをしちゃってすみません」

「浜岡さんの頼みとあっちゃあ断れないよ。それに俺、番組のファンだしね」

四代目の店主である達富氏は七十代。昔ながらの職人らしい、一見とっつきにくそうな面構えだが、けっしてぶっきらぼうではない。

「いろんな料理番組を観てると、正直、そこまで持ち上げるほどの店かい？　なんて思うこともしょっちゅうだけど、『厨の七匠』で取り上げられてるところはどれも納得できる。寿司編も凄腕の職人ばかりで勉強にも刺激にもなる。そこに自分も出してもらえるのは光栄だよ。ましてトリを務めるなんて」

「こちらこそ光栄です」浜岡氏が整った顔をほころばせた。「最初から、寿司編の締めくくりは達富さんでお願いしたいと思ってましたから」

「うれしいこと言ってくれるねえ。浜岡さん、俳優としてだけじゃなく、グルメタレントとしてもいまや飛ぶ鳥を落とす勢いだもんな。忙しくてあんまり眠れてなかったりして？」

「いや、そんなことないですよ」

「そう？　目が赤いもんだからてっきり」

「ほんとですか？」浜岡氏は目をこすった。「昨夜は今日に備えてしっかり寝たし、朝、家を出る前に鏡を見たときはなんともなかったんですが。マネージャーに目薬もらいます」

「芸能人は、売れっ子になると寝る時間も削らなきゃならなくなるから大変だよね。その点、寿司屋はネタが切れたらのれんをしまっちまえばいいんだから楽なもんだ」

達富氏の軽口は場を和(なご)ませた。

「いまの名調子、カメラ回しときたかったなあ」浜岡氏はスタッフの人たちに、「腕のいい職人さんて寡黙な印象がありますよね。でも、達富の大将は腕も話術も一流、噺家さんが江戸っ子の台詞回しや、当意即妙の切り返しの勉強をしに来るほどなんですよ」

浜岡氏の言葉に、達富氏はまんざらでもない顔になった。

「いやあ、俺はガキの頃から寄席(よせ)で落語を聞いたりするのが大好きでね。上手な落語家さんと寿司職人の通じるところは、同じことをただくり返すんじゃなく、そのときそのとき目の前のお客に合わせて、柔軟にあしらいを変えるのが腕の見せどころってこと。俺のほうもそういう呼吸を寄席の芸人さんに勉強させてもらったんだ。いい職人ってね、腕がいいのは当たり前、それより上に行こうと思ったら、状況に応じて千変万化のアドリブを利かせられる頭の回転の速さが必要。だから俺は、弟子たちにもお笑い芸人さんの芸を観てアドリブ力を身につけろって言ってるよ」

「ああっ、カメラ回す前からまた名言を」

「へへっ。もったいないからとっとこうか。けど、本番前にもうひとつだけいいかな」

「何です？」

「番組のつぎのテーマ、当ててみようか？」

「おっ、いいですね」浜岡氏は周囲のスタッフを見回した。「だれもお教えしてませんよね、達富さんに？」

スタッフたちがうなずいて、達富氏の言葉を興味深そうに待った。

「これまで、蕎麦、天ぷら、ステーキ、寿司ときた。和食を代表する料理三つと、洋食を代表するのがひとつ。つぎに純粋な和食はないだろう。みんなが好きで興味が湧くようなテーマで考えると、俺はカレーじゃないかと思うね。どう、当たった？」

「あっ――」スタッフたちと顔を見合わせた浜岡氏が大きく口を開く。「達富さん、すごくいい線です！　ほんと惜しい。コンセプトはばっちり。じつは、つぎのつぎのテーマがカレーの予定です」

「そっかあ。悔しいなあ。じゃあ正解はパンか？」

「すごい、正解です――！　カレーと同じく、日本で独自の進化と深化を遂げたパンがつぎのテーマでした」

「そっちかあ。でもパンも面白そうだな、どんな店が出てくるのか。もう取材ははじまってるの？」

「ええ」浜岡氏がうなずく。「今日も朝から二軒回って、僕も試食させてもらいました。あ、でもお腹には全然余裕ありますから大丈夫です」

そこで浜岡氏は「ちょっと失礼」と店の外へ飛び出し、しばらくすると戻ってきた。

「すみません。くしゃみが出て」

「どこかで女性に噂されてんじゃない？」達富氏が言い、スタッフから笑い声があがった。「鼻も赤くなってるけど風邪のひきはじめとか？」

「ほんとですか。メイクで直してもらいます。風邪はひいてません。朝起きたときもふだんと変わらない体調でした。ご心配おかけしてすみません」

「えー、くしゃみとかけまして――湖や沼で腹を立てているおじさんと解きます」

「あ、なぞかけですか。くしゃみとかけて、湖や沼で腹を立てているおじさんと解く――その心は？」

「その心は――どちらもこしょう（胡椒／湖沼）でおこり（起こり／怒り）ます」

「――なるほど。ふつうだとダブルミーニングはひとつの言葉で成立するところ、

『こしょう』と『おこる』というふたつの言葉にかかっているのが高度な技になっている。お見事です」浜岡氏はスタッフに向かって、「達富さん、なぞかけもお得意なんですよ。本番でも披露してもらいましょうか？」

「いいですね」ディレクターが答えた。「お願いできますか、達富さん」

「うーん――」達富氏は腕組みして少し考え込んだ。「それもいいけど、だったら、あいうえお作文をやらせてもらいたいな」

「あいうえお作文って、お題となった単語の各文字を頭文字にして文章を作る、あれですよね？　そんな特技もお持ちだったんだ」と浜岡さん。

ディレクターが了解して、本番では最初に達富氏にあいうえお作文を披露してもらう段取りが決まった。浜岡氏がロケバスに戻ってメイクをすませ、約一時間後、スケジュールどおりに撮影がはじまった。

まずは店の戸を開けて入ってくる浜岡氏と、彼を迎える達富氏とのやり取りから。いちおう台本に最小限の台詞は書いてあるが、ふたりともアドリブで自然に言葉を交わした。

「今日はお世話になります」挨拶のあと浜岡氏が言った。

「はい、こちらこそ。どうぞ」カウンターの向こうに立った達富氏が用意した席を手で示した。

浜岡氏が席に着く様子を、那須山さんは肩にかついだカメラで撮影する。

「本題に入る前に、今日は大将のお人柄を知っていただくために、ひとつ特技を披露していただきます。達富さん、披露していただける特技は？」

「あいうえお作文です」達富氏が言った。

「というわけで、スケッチブックを用意しました」浜岡氏はスケッチブックとペンを手に取った。「優れた職人は頭の回転も速いというのが達富さんの持論。あいうえお作文のお題は、僕から出させていただきます。えーと、何がいいかな。そうだ」

浜岡氏は横にしたスケッチブックの左端に○を三つ縦に書くと、そのなかに上から順に「た」「く」「み」と書き込んだ。

「達富さん。お題はずばり、番組のテーマでもある『匠』でお願いします。達富さんが定義する匠を教えてください」

「あいよ」達富氏は浜岡氏からスケッチブックとペンを受け取ると、しばらく中空を見て考えてから、スケッチブックにペンを走らせた。「はい、できました」

「早いですね。では見せてください」

達富氏はスケッチブックを浜岡氏とカメラに向け、自らが書いた言葉を読み上げた。

「匠とは――『た』ゆまず努力し、『く』リエイティブに、『み』ち（道／未知）を探求する者」

「おおー、素晴らしい！　『みち』が『道』と『未知』のダブルミーニングになってるんですね」

「はい。『道』の探求は伝統を受け継ぎ守ること。でもそれだけじゃ停滞する。つねに『未知』にも目を開くことが大切だと」

「深いなあ。ありがとうございます、達富さん」「いまのお題、まったく打ち合わせなしですからね！　あ、皆さん――」浜岡氏がカメラを向く。

浜岡氏は達富氏からスケッチブックとペンを受け取った。達富氏は流しで手を洗って拭いた。

着席した浜岡氏が、番組中で実食するさいの決め台詞を放つ。

「では、いよいよ、匠の技、ご披露お願いします――！」

「承知しました」達富氏がうなずき、動きはじめた。

達富の長いカウンター内につけ場はふたつ。ふだんの営業では達富氏と息子さんがそれぞれを守っている。が、今日の撮影では達富氏だけが自分のつけ場に立ち、息子さんは補佐役に回る。

「今回の達富さんの『魂の一食』は、お任せの七貫です――」

浜岡氏が、視聴者向けの実況をする。「魂の一食」とは、登場する料理人が締めくくりに作る料理を指す番組独自のフレーズだ。

那須山さんのカメラは達富氏の手元を映している。達富氏は盛り箸を手にすると、タネが美しく並んだ白木のタネ箱の小鉢に盛られた小柱をいくつか取り、まな板に載せた。

このとき、那須山さんは内心、おやっと思った。

撮影に不都合が生じないよう、ディレクターやカメラマンの那須山さんなど何人かのスタッフは、達富氏からあらかじめ、「魂の一食」となる寿司七貫の献立を教えてもらっていた。それによると、一貫目はコハダの握りだったのだ。赤シャリ、わさびに煮切りという伝統的なスタイルで。

「まずひと品目は――おっと、小柱、ですか？」実況する浜岡氏の声にも意外そうな響きがあった。

「はい、小柱」

達富氏は手酢をつけた右手で酢飯の入ったシャリ櫃（びつ）からシャリをつまんでまとめ、そのシャリ玉にまな板の小柱にわさびを塗ったものを載せて握り、いったんまな板に置くと、小柱の上に塩を振ってから、浜岡氏の目の前の皿に置いた。

「ひと品目は小柱……それも、軍艦でなく握り、ですか」

「そうです」と達富氏。「塩を振ってありますから、そのままどうぞ」

浜岡氏は一瞬、完全に意表をつかれたように口を開けたまま、動きを止めた。

スタッフは浜岡氏に献立を伝えていない。それでも彼が、献立を知っている那須山さんと同様に意外に感じる理由は想像できる。『厨の七匠』では「魂の一食」を実食する前かあとに、浜岡氏ひとりのコメントを撮影した「ススムがたり」というコーナーを挟んでいる。今回の「達富」では、実食前にそのコーナーを入れることになっており、当然すでに撮影も終わっていた。

そこで浜岡氏はこんなことを語っていたのだ。

＊

「はい、『ススムがたり』のコーナーです。寿司編のラストは、達富さん。このお店について語る前に、まずはこれまで寿司編に登場した匠の特徴を振り返ってみましょう――」

これまでに登場した六人にはそれぞれに際立った個性があった。

フランスのグルメガイドブックで三ツ星を取り続ける、東京で最も予約が取りにくいと人気の店の匠。地元九州で獲れた魚を使い、江戸前ならぬ九州前という言葉を定着させた名店の匠。熟成させた魚を使いこなす熟成の匠。フレンチやイタリアンの発想も取り入れて新たな寿司の世界を探求する匠、等だ。

すみれもあとでオンエアを観たが、スタジオで椅子に座って語る浜岡氏を撮影した那須山さんは、彼のコメントをその場で聞いていた。

「そして――錚々（そうそう）たる匠たちが居並ぶ寿司編のトリを飾る達富さんは、創業百三十年を誇る老舗。握り寿司発祥の地とされる江戸の技を受け継ぎ歴史を体現する、江戸前寿司の名店の四代目。僕はもう何年もプライベートで通わせていただいておりますが、これこそ和食を代表する寿司の原点たる江戸前の王道だと、毎回背筋が伸びるようです」

浜岡氏はここで「江戸前」について定義する。

「江戸前という言葉にはもともとふたつの意味があって、ひとつは江戸の前、つまりいまの東京湾のこと。そこで獲れた新鮮な魚介を指す。もうひとつは江戸の寿司職人が行った『仕事』のこと。主にはタネをまだ新鮮なうちに調理することですね」

たとえば酢で締めたり、煮たり、醬油を使ったヅケにしたりという方法だ。これに加え、ヅケや煮物以外のほとんどのタネに、醬油にみりんを加えてひと煮立ちさせた煮切りを塗って出す、という特徴もある。だから客は基本、醬油はつけずに食べる。さらにシャリは白いものでなく、米酢に酒粕を原料とする赤酢を混ぜたものを使った酢飯、いわゆる赤シャリが一般的だった。達富はこうした江戸前の伝統の仕事を守っている店だという。

そこで浜岡氏はにこっと笑った。

「ここでいきなり、達富さんの『魂の一食』を予想しちゃおうかなあ。達富さんの寿司は何を食べても美味しいと思いますが、そのなかでも、これぞ江戸前寿司を代表すると断言できる握りがいくつかあります。まず、コハダ——」

言うまでもなく光りものの代名詞だ。コノシロという魚の成魚になる前のものだが、小さい割には骨が多かったり臭みがあったりして美味しく食べるのに手間がかかる。この魚にひと手間かける、つまり丁寧な『仕事』をして寿司ダネとして出すのは江戸前寿司を握る職人の誇りなのだという。

「達富さんでは赤酢で締めたものを三日から五日間寝かせ、塩と酢が熟(な)れたタイミングを見計らって客に出す。美しく切れ目が入った皮目に煮切りをさっとひと刷毛塗ったものを見ると、もう芸術品かと思いますよね。予言しましょう。達富さんの『魂の一食』、コハダは必ず入ります」

浜岡氏の予想のふたつ目は、クロマグロ。

「部位では中トロや大トロ、調理法では炙(あぶ)りなんかもありますが、江戸前では何と言っても赤身、それもヅケですねえ。達富さんで煮切りやヅケのたれなどに使う醤油は、職人さんが杉樽で仕込んでいます。古式製法という昔ながらの作り方にこだわった蔵元が、天日塩と国産の小麦と大豆のみを使って作った一級品。達富さんではあまり時間をかけず、握る直前にさっと醤油にからめる感じでヅケにしているので、この風味豊かな醤油はもちろん、マグロ本来の香りも存分に堪能できちゃいます」

浜岡氏の予想の三つ目は穴子だった。これも江戸前の仕事として煮物にする。

「穴子には寿司ダネとしてだけでなく、江戸前の仕事に重要な役割があります。そう、煮ツメです。ツメなんて略すこともありますが、煮穴子や煮ハマグリなどの煮物のタネに塗るたれ。この煮ツメには穴子の骨を炊いたスープを出汁として使うんですね。達富さんの穴子の握りは、ふっくらして口のなかで溶けるような柔らかさで、品のよい旨味が、甘過ぎない煮ツメ、赤シャリの酸味と絶妙なバランスを保ってる。一瞬で消えてしまうけど、口のなかに残る余韻がすごい――」

四つ目は車海老。

「これも昔から江戸前を代表するタネで、達富さんでは叩いた車海老のミソと、すり身にした芝海老で作るおぼろを挟んで握り、煮切りを塗る。このおぼろも江戸前の仕事です。ここまでの四貫は鉄板、自信あります。残りの三貫は難しい」

としながらも浜岡氏は、白身、イカ、貝から一種類ずつではないかと予想した。なかでも貝はまちがいなく入るだろうと。

「江戸前で貝と言えば、アオヤギ、あるいはアカガイ。煮ハマグリもあるけど、穴子とかぶるからはずされるんじゃないかな。ということで、アオヤギかアカガイのどちらかまでは絞れますね。自分で言うのもなんですが、けっこういい線いってる予想じゃないかなあ。まあ、かなり願望も入っていますが」

浜岡氏は楽しげな笑顔で事前予想を締めくくった。

＊

浜岡氏はこのときの予想で、達富さんが本来出すはずだったひと品目のコハダを的中させていたのだ。那須山さんには「魂の一食」の一貫目に小柱を出された浜岡氏が意外そうな反応をするのも当然だと思えた。

カメラを構えたまま、那須山さんはとっさにディレクターを見た。手持ちのカメラで那須山さんとはちがう角度から撮影していたディレクターは、那須山さんの視線に気づき、片手の指をくるくる回した。カメラを止めるな、という意味だ。報道畑出身の彼は、段取りや台本より現場で生じるハプニングを面白がり、それを最大限に生かす演出を好む人間だった。

那須山さんは視線を戻す。

「な――なるほど」浜岡氏が言った。「一貫目は貝。えー、小柱は、江戸前寿司を代表する貝であるアオヤギの貝柱。主な水揚げ地は北海道ですが、こちらは？」

「東京湾で揚がったものです」達富氏が答える。

「江戸前ですね！　江戸前寿司の老舗である『達富』さんの一貫目のチョイスは、江戸前のタネでした」

浜岡氏はとっさに気を取り直して、前向きなコメントをした。

「煮切りではなく、塩で。これも七貫の流れを意識した演出にちがいありません。では――いただきます」

浜岡氏は握りに手を伸ばすとつまんで、丁寧にひと口で頬張り、ゆっくり咀嚼した。真剣そのものの顔。達富氏はその様子をカウンターの向こうでじっと見つめている。やがて、握りを呑み込んだ浜岡氏は何度かうなずいてから口を開いた。

「アオヤギの特徴が磯の香りなら、小柱のそれは貝ならではの甘み。塩は、貝柱の淡泊な風味を損なわず、最大限に甘みを引き出している。達富さんでは通常、小柱は握りではなく軍艦にして出しますよね。あえて握りにしたのは、軍艦のときに塗る煮切りを使わず、一番シンプルな形で小柱の最大の魅力である甘みを生かすため、ですか？」

すると達富氏は、一瞬、謎めいた笑みを浮かべた。

「一期一会、って言葉、ありますね。もともと茶道の言葉ですが、私らの商売にも通じる。仕入れや仕込みについては、毎日毎日地道な仕事を同じようにくり返す。ですが、ひとたびお客さんを前にしたら、たとえ常連さんでもまっさらな気持ちで接するようにします。その日そのときのお客さんにとって、一番いいと思う寿司を握る。一期一会っていうのは一方的なものじゃない。私が寿司を握って終わるんじゃなく、お客さんがそれを受け止めてくれてはじめて完結する。言葉はわるいが真剣勝負のようなもの。今日お出しする七貫は、私から浜岡さんへの一対一のおもてなしですから、私の気持ちを受け取ってくださるかどうかも浜岡さん次第。まあ、まずは七貫召し上がってください」

「――わかりました。ただ、黙って食べてると視聴者に伝わらないんで、感想は言わせてもらいますね」

「どうぞ」

浜岡氏はカメラのほうに顔を向けた。

「小柱の握り。初球は変化球と見せかけて、じつは直球で江戸前の素材の美味しさを味わわせてくれるひと品です」浜岡氏は達富氏に向き直る。「では、二貫目、お願いいたします」

「はいよ」達富氏が答え、動き出す。

達富氏がタネ箱から取り出したのは、ウニだった。アルミホイルの上にウニを何切れか盛り箸で並べると、カウンターの奥にあるオーヴンに入れ、様子を見ながら火を入れた。

撮影しながら那須山さんはまたおどろいた。達富氏が事前に教えてくれた二貫目はホッキガイの握りだったからだ。赤シャリとわさびで握り、塩を振って出す。

浜岡氏にカメラを向けると、彼もやはり意外そうな顔をしているように見えた。

達富氏にカメラを戻す。ウニは軽く炙った程度でオーヴンから取り出し、まな板の上で盛り箸できれいにまとめた。シャリを握り、わさびをつけてウニを載せ、さらに握るとまな板に置き、塩を振って浜岡氏に出した。

「これが二貫目」と達富氏。「ムラサキウニ」

「ムラサキウニ……どこで水揚げされたものですか？」

「三陸。今日は利尻のバフンウニもあるけど、浜岡さんへのおすすめはこっち」

「な、なるほど」浜岡氏は当惑を隠すかのように、「寿司ダネとして使われるウニは主にエゾバフンウニやキタムラサキウニですよね。キタムラサキウニとムラサキウニは異なる種類ですが、こちらはキタがつかないムラサキウニですか？」

「そう」

「赤ウニとも呼ばれる濃厚なバフンウニに対し、白ウニとも呼ばれるムラサキウニは淡泊で上品な甘みが特徴――」浜岡氏は達富氏と会話しつつ、視聴者を意識した解説も盛り込んでいた。「バフンウニは生のままで握ることが多い。ムラサキウニは水分が多いので、食感を出し旨味を凝縮させるため軽く炙った。そうですか？」

「そのとおり」達富氏がうなずく。「さすが浜岡さんだ」

「それをまた塩で……」浜岡氏は考えるように言い、「達富さんの『魂の一食』、二貫目はムラサキウニでした。では、いただきます」

浜岡氏はウニの握りをひと口で頬張ると、ゆっくりと味わった。

「……うーん。甘やかな磯の香りが鼻から抜けていきます。身も舌の上ですっととろけるように消えて、あと味もきれいですね。淡泊だけど、物足りなさはまったくない。達富さんの繊細な腕の冴えが出た、淡麗なひと品でした」

達富氏が満足そうにうなずく。「では三貫目にまいりましょう」

つぎに彼が握ったものも、那須山さんが事前に聞かされていたものとは異なっていた。予定ではマグロの赤身のヅケ。ところが達富氏が実際に出したタネはキスだったのだ。

「三貫目は、キス、ですか……」浜岡氏はやはり意外そうだ。

「そう。東京湾で揚がったものです」

「あらかじめ昆布締めしたものを赤シャリ、わさび、梅びしお——叩いた梅干しを裏ごしして、みりんと砂糖で煮詰めて練り上げたもの——で。これは、達富さんのキスのオーソドックスなスタイルじゃありませんか？」

「そのとおり。うちでは、梅びしおにも昆布の旨味を入れてます。で、最後に白胡麻をちょんちょん、とふた粒。あっさりした身に、あえてアクセントというか、仮名に濁点を振る感じで添えました」

「説明をうかがっているだけでも、よだれが出てきてしまいますね」と浜岡氏。「では、早速いただきます」

プロとしてこれまで間近で浜岡氏を撮ってきた那須山さんは、浜岡氏が今日はじめて心の底からうれしそうに寿司を食べる姿を見たと感じた。それまでの浜岡氏には、どこかけげんそうな様子が見て取れたからだ。

「うん、旨いです！」食べ終えると彼は目を見開いた。「キスは光りものという分類ですが、身は青魚というより白身に近い。その身の熟成具合と昆布の旨味の入り方のバランスが完璧で、梅びしおと白胡麻のアクセントがぎゅっと味を引き締めつつ広がりを感じさせてくれる。魂の一食、三貫目のキスは素材といい仕事といい何から何まで江戸前を、そして達富さんを感じさせてくれる、文句なしの絶品です！」

いままでのコメントのなかでも明らかに一番テンションが高い。

達富氏が微笑んだ。

四貫目。事前の情報では軍艦巻きにしたバフンウニに煮切りを塗ったたもの。だが、達富氏が作ったものはまたそれとはちがった。

「四貫目は、ほう――もしかして、アマダイ、ですか」達富氏が選んだタネを見て、浜岡氏が言った。

「はい。シラカワを一週間ほど氷温熟成させたものです」達富氏が答える。

「アマダイは別名をシラカワと言って、昔から高級魚として扱われてきた魚です」浜岡氏が視聴者向けの解説を入れる。「身質は柔らかく水分が多いので寿司ダネにする場合は塩で締めるのが一般的ですが、そう、ここ達富さんの仕込みは氷温熟成なんですよね。これは、仕入れたときに魚の状態がよくないとできない一流ならではの仕事です」

「浜岡さん、愛知のご出身でしたね？」

「はい。小学校を卒業するまでは、仕事のたびに新幹線で東京と往復していました。大変でしたねえ、あの頃は」

「愛知も旨いものがたくさんありますよね。きしめん、どて煮、ひつまぶし、味噌煮込みうどん」

「全部ソウルフードです」

「そんな浜岡さんにおすすめの食べ方で握ります」達富氏は苦み走った笑みを浮かべ、傍らに控えていた息子さんを見た。「おい、たまり醤油と刷毛」

「はい」息子さんが冷蔵庫から醤油さしを出し、新しい刷毛と共につけ場に置いた。

達富氏はアマダイを握るとたまり醤油を刷毛でタネにさっと塗り、浜岡氏に出した。

「たまり醤油ですか。ふだんは煮切りで出してらっしゃいますよね？」浜岡氏が訊ねる。

「ええ。それも合うと思いますよ。そのままどうぞ」

「たまり醬油はふつうの醬油とちょっとちがって、基本的には大豆と水と塩だけで作ります。関東の人はあまり馴染みがないかもしれませんが、僕の出身地である愛知など東海地方では親しまれています。一年以上かけてじっくり熟成させるので、まろやかで濃厚な味になるのが特徴です。どれ、では――」

アマダイの握りを頰張った浜岡氏は、咀嚼して呑み込むと、余韻を味わうようにゆっくり何度もうなずいた。

「――なるほど。いや、氷温熟成でカドが取れて旨味が凝縮されたアマダイと、こっくりまろやかなたまり醬油、ばっちり合いますね！　煮切りでも美味しかったでしょうが、これも確実に旨い。『魂の一食』四貫目は、変化球でいて堂々たる風格、熟練した職人ならではの余裕を堪能できる一品でした！」

撮影しながら那須山さんは感心している。浜岡氏自身、達富氏から変化球を投げ続けられているのに、当意即妙の見事なコメントでそれぞれの寿司の特徴や魅力を伝えている。思わず喉を鳴らしてしまいそうなほどだ。

五貫目。事前情報ではシャコ。達富ではこれを茹(ゆ)でて殻を剝(む)き、地(じ)――出汁にみりん、薄口醬油を加えて七十度以下で温めたもの――にシャコを入れ、味を含ませるように炊いてから火を止めてそのまま冷ます、という下ごしらえをする。これを握って仕上げに煮切りを塗って出すはずだった。

だが――またしても達富氏は本番ではちがうものを作った。ヤリイカの握りだ。それに塩を振り、かぼすを軽く搾ってかけ、浜岡氏に出した。

浜岡氏は少し不思議そうにしつつも、食べるとやはりそつのないコメントで寿司の旨さを伝えた。

続く六貫目と七貫目も事前情報と本番はちがうものだった。車海老と穴子のはずだったのだが、実際に達富氏が握ったのはシマアジとイワシ。どちらも仕上げは煮切りの代わりにたまり醤油を塗った。

「――寿司の名匠達富さんの『魂の一食』、ラスト七貫目は、イワシの握りでした」

七貫目を食べ終えると、浜岡氏はじっくり考えている様子でコメントした。「イワシは鮮度が落ちやすく匂いにクセもあるので、酢や塩で締めて臭みを抜き旨味を引き出す仕事が必要になります。寿司職人の魚への目利き(めき)や熟練の度合いがはっきり表れるため、一見地味に見えますが、ごまかしの利かないタネと言えます」

那須山さんはカメラ目線の浜岡氏の顔にズームした。

「伝統を守り、受け継ぐことの難しさというのは、地道な作業を高い精度で日々くり返し続けることだと思います。当たり前のことを当たり前にやる。長く続く老舗というのは、その『当たり前』のレベルがものすごく高い。イワシという魚もとくに高級なものとはされていませんが、職人の腕ひとつでとんでもなく上等な握りへ化ける。

達富さんは、それをさりげなく当たり前のようにこなされています。伝統を守り、受け継いできた一流の寿司職人の矜持が表れている。達富さんの『魂の一食』には、そうした哲学や美意識が、最初の一貫から最後の一貫まで見事に貫かれていると感じました。『厨の七匠』寿司編の締めくくりを飾るにふさわしい、一流の職人の驕らない凛とした佇まいを感じる七貫でした」

那須山さんは見事なまとめのコメントだと感心した。

浜岡氏が達富氏に向き直る。

「達富さんの『魂の一食』、堪能いたしました。ありがとうございます」頭を下げる。

「はい」達富氏がうなずく。

「最後になりますが、『厨の七匠』恒例の質問をさせていただいていいでしょうか？ずばり、達富さんにとって仕事をするうえで一番大切なことはなんでしょう？」

「はい。それはもう、健康を維持するための自己管理ですね。浜岡さんも同じだと思いますけど、自分らの仕事も体が資本。健康がすべてと言っても過言じゃありません。私の幼馴染が近所で蕎麦屋の三代目をやってたんだけど、あるとき健康上の理由で続けられなくなり、店も畳んでしまった。何も不摂生をしてたわけじゃなく、むしろ健康には気をつけていたんですがね。あれは不慮の事故みたいなもんだ。そういう不可抗力もあるけど、自分としてはできるだけ気をつけて、とにかく長くつけ場に立ち続けることを心がける。浜岡さんも同じでしょ？　芸能人にも職業病じゃないが、遊んで体を壊す人もいる。それは気をつけてるんじゃないですか？」

「ええ。美味しいものを食べ続けるため、体調管理には人一倍注意してるつもりです」

「私らの仕事も、健康を支える自己管理が一番。これに尽きます。お互い元気で仕事を頑張りましょう」

「はい」浜岡氏が、那須山さんの構えるカメラのほうを向いた。

「名匠達富さんのお言葉、頂戴しました。『厨の七匠』寿司編、完結です」達富氏に向き直り、深々と一礼する。「達富さん、ありがとうございました――！」

3

ロケの撮影はそれで無事終了したという。
「――とまあ、そういういきさつで」話し終えた那須山さんは、ビールを飲んだ。
「現場の雰囲気は最後までよかったし、ディレクターはいま、放送に向けて編集作業に入ってる。そういう意味では番組として問題はなかったと言える。けど俺は、どうしても気になることがあって……」

「『魂の一食』の七貫のことですね」ほまりさんが言った。

「そう」

カウンターのお客様はまだ那須山さんひとりだった。

「当然ディレクターも気になってたんだろうね、浜岡さんが現場を出たあと、達富さんに訊いたんだよ。事前に予定した献立を本番でいきなり変えたのはどうしてですか、って。そしたら、達富さんはこう答えた――『なに、さっき申し上げたとおり、一期一会ってやつです』。はぐらかされたような気もするけど、俺たちスタッフみんな、取材するなかで達富さんのお人柄に触れ、プロとしても尊敬していたから、それ以上突っ込んで訊くことはしなかった」

「そうだとしても、その『一期一会』の中身を知りたいとこですよねえ」

「でしょう？　俺だけじゃなく、そのあと会った浜岡さんも不思議がってたんだよね。お世辞じゃなく全部美味しかったし感動もしたけど、なぜあの七貫だったのか、って。自分の予想があまりにベタすぎたからはずされたのかもしれないけど、それにしてもあえて『達富』らしい武器をすべて封印しようとしたとしか思えない。もしかしたら自分で自分に縛りをかけて、それでもお客を唸らせるっていう横綱相撲をしてみせたのかも、ってさ」

「達富さんが握るはずだった七貫のなかに、浜岡氏が予想したものがいくつも入ってましたよね」

「うん。コハダ、マグロの赤身のヅケ、車海老、それと穴子。つまり四種。全部、江戸前寿司の重鎮『達富』を代表する握りだよ」

「不思議ですね、たしかに」すみれも疑問に思った。

「あっ、もしかして」とほまりさん。「だからこそ、だったりするんじゃ？」

「だからこそ？」那須山さんが訊き返す。「どういう意味？」

「浜岡さんは『ススムがたり』の予想で、七貫のうちじつに四貫も的中させていたわけですよね？　それじゃあ面白くないからと、達富さんがあえて事前の七貫とは変えたとか」

「残念ながら、それはないんだよなあ。浜岡さんに事前情報を教えなかったように、達富さんにも、われわれスタッフは浜岡さんの事前の予想を教えていなかったんだ」

「そうですか……じゃあ何だろう」

「すみれさんはどう思う？」那須山さんが水を向けてきた。

「うーん。わたしも一応料理を仕事にする人間ですが、お話を聞くかぎり、達富さんの域にはとてもとても届いていない気がします。なので、われわれ凡人には想像もできない、それこそ名人とか達人とか呼ばれるような一流の人にしかわからない感覚なのかな、と」

いまの話を聞いただけで、達富氏が何を考えて献立を変更したのか推定するのは、不可能ではないだろうか。雲をつかむような話としか思えなかった。

「すみれさんでもわからない。となるとやっぱり――」那須山さんは周囲を見回して、

「おおっ、紙野君、いつの間に」

カウンター内から古書スペースに移動していた紙野君は、那須山さんに近づいてきた――その手に一冊の本を持って。

「あ――もしかして」それに気づいた那須山さんが、目を見開く。

紙野君は、那須山さんの傍らで立ち止まると、手にしていた本を差し出し、こう言った。

「この本、買っていただけませんか？」

4

その日、紙野君が那須山さんに薦めたのは『ロッパの悲食記』（ちくま文庫）という本だった。著者名は古川緑波（ふるかわろっぱ）。

「変わった名前の人だね」店を閉めたあと、那須山さんと同じように紙野君から本を買ったすみれは言った。

「さすがにご存じないですか」紙野君が言う。「古川ロッパ。戦前に一時代を築いたコメディアンです。まあ、かくいう俺も、芸人としての彼にはまったく詳しくないんですが。俺が知っているのは、彼のエッセイストとしての側面です」

「『ロッパの悲食記』っていうタイトルですが、もしかして、グルメエッセイなんですか？」

やはり紙野君から同じ本を買ったほまりさんが、首をかしげる。

「うん。グルメものにしては異色だよね。昭和三十四年、ロッパの最晩年に初版が出版されたときのタイトルは『悲食記』。一九九五年のこの文庫は、その後再版されたときのタイトルを受け継いでいる。文庫では、『悲食記』というのは三部構成のこの本の第一部の題にもなっている。で、第一部の内容は、昭和十九年にロッパがつけていた日記の抜粋、日記抄なんだ。何かピンとこない？」

「昭和十九年……第二次大戦が終わったのが、たしか、昭和二十年でしたよね？　つまり戦時中ってことですか。戦時中にグルメって……だって、食糧難の時代ですよね。あっ、もしかして、それで――？」

「そう。ロッパは芸人から俳優にもなった人だけど、叩き上げってわけじゃなく、育ちはよかったみたいだ。なにせ戦前に早稲田大学を出て、最初は文藝春秋社で編集者をしていたっていう、その時代の裕福なインテリそのものだったのに芸人に転じたユニークな経歴の持ち主だからね。舌も肥えていたのだと思う。けれど彼は、美食家つまりグルメというだけでなく、グルマンすなわち健啖家でもあった。むしろ大食漢と言っていい。質、量とも食べることへの執着が常人ばなれしてる。戦前の日本の食文化は和食のみならず、洋食、中華なども花開いたなかなか豊かなものだったらしいけど、彼がそれを満喫したことは、第二部『食談あれこれ』を読むとよくわかるよ」

「美食をさんざん謳歌してきた人物が、食糧難の時代に放り込まれたら……それは悲しくもなりますよねえ」

「本文を読むと、ロッパにとっては、悲しみを通り越して悲惨という心境が近かったんじゃないかと思えてくるけどね」

「わたしも詳しくないけど——」すみれは言った。「戦時中の食事って、お米が配給制で貴重だったから、雑穀を食べたり、食べるものがなくて糠(ぬか)や芋のつるまで食べた、なんていう話を聞いたことがある。そういう内容？」

「もちろんそういう話も出てきます。が、ごくわずか。当時ロッパはすでに一世を風靡した芸能人で、自身も裕福だったようですし、上流階級との交流もあれば軍の高官から貴重な洋酒を差し入れてもらえるような特別な立場にいました。戦時下というと、われわれには庶民の苦しい食料事情のイメージがありますが、この本を読むとそれとはまったくちがう世界があったことがわかります。たとえば――」

　紙野君は文庫本を開いた。

「一月十三日の日記ではヤミ洋食屋へ行った記載があります。大っぴらに営業せず、つてのある人だけを相手に商っていた飲食店ですね。そこでロッパが食べたものを引用すると――『今日のメニューは、すばらしかった。ポタージュ、ビーフシチュウ、カリフラワーのクリーム煮、ビフテキ、カツレツ、そして、ライスカレー、これだけ皆食った。』」

「ええっ、そんなに――?」すみれはおどろく。「たしかに、戦時中の食事へのイメージがひっくり返される感じね」

「ええ。ロッパは毎日日記をつけていたようです。この本の第一部では、昭和十九年分の、ざっと半分弱の日記が抜粋されていますが、戦時下の食糧難にあってもロッパはあらゆる人脈を駆使してひたすら美食と満腹を追求する。その執念がすさまじく、食べっぷり飲みっぷりも豪快で、その辺りがこの本をほかに類を見ないようなある種凄絶なグルメエッセイにしていると思います」

「凄絶なっていう形容動詞、グルメエッセイと結びつかないもんね、ふつう」

「中途半端だとわれわれ読者も読んでいてつらくなりそうですが、ロッパの場合突き抜けていて、不思議とあまり悲愴に感じられないんですね。雑穀でも食べられるだけありがたいという庶民の世界もあったはずなのに、ロッパは、泊まった宿の朝食のご飯にキビが入っていたから食べられない、なんて平気で書いてます。料理店で上等の牛ロースを食べていると、満腹になる前に牛がなくなって、店がその代わりに鯨肉を出しても気に入らないと手をつけなかったり」

「自分に正直っていうか、ちょっとわがままな人？」

「それにもしかして――」とほまりさん。「食いしん坊さんなのに、好き嫌いが激しかったりします、ロッパさん？」

「鋭いね。そのとおり。第二部の『食談あれこれ』は戦後ロッパが書いたグルメエッセイを集めたものだけど、このなかの『うどんのお化け』には、江戸前の寿司が食べられないという文章がある」

「『うどんのお化け』って、紙野さんが那須山さんにおすすめしたやつですよね？」

那須山さんに『ロッパの悲食記』を薦めたさい、紙野君は「このなかの『うどんのお化け』を読んでみてください」と言っていた。

「そう。生魚全般が嫌いというわけじゃなくて食べられる魚もあるし、洋食の魚はむしろ好んだようだけど、マグロを食べると蕁麻疹が出るという記述もあるから、体質も関係していたんだろうね。美食家だけど偏食家が書いたグルメエッセイ、というのも、ロッパの随筆の際立った個性のひとつだと思う」
「面白そう」
「食べることが好きな人なら、まちがいなく楽しんでもらえると思うよ」

その夜、すみれは、店の二階にある自室のベッドで早速『ロッパの悲食記』を開いた。もちろんすみれも一冊買ったのだ。紙野君のヒントも気になるが、それより『悲食記』の話が頭を離れなかったので、まずはそこから読んでみる。たちまち引き込まれた。

日記の内容の中心は、仕事と食べることについて。紙野君が言っていたように、とにかく食への執着がすごい。たとえば一月十一日。ロッパは帝国ホテルのグリルで昼食を摂るのだが、このさい『一人前では困るので影武者（?）を一人連れて行き、その分も食う』――自分ひとりで二人前を食べるため、たんに頭数として人を同行させたのだ。目の前に出されたご馳走をただ指をくわえて眺めることしかできない「影武者」の心中を思うと切ないものがある。

大阪へ行く予定が決まると、ロッパは現地の友人知人に食べ物の手配を頼む手紙を出しまくる。当てにしていたヤミ洋食屋が閉まっていると「もう生きててもつまらない!」と嘆き「食うものがなくなったからとて自殺した奴はいないのかな」と書く。

映画の撮影で地方へロケへ行けば、「食の道の開拓に心をくだく」。仕事のオファーには、「金のことは兎に角、毎日ふんだんに食わして呉れるなら、出る」と答える。日記にはところどころ戦争への恨み言も書かれるが、江戸っ子気風というか、ざっくばらんで飾らない語り口のためか、あまり湿っぽくはならない。著者の人柄を反映した文体のリズムに乗せられ、ついついページをめくってしまう。が、第一部の途中でいったんやめることにした。残りはまたじっくり読むとして、紙野君が那須山さんに薦めたエッセイが気になったのだ。

第二部の「食談あれこれ」は、目次を見ると十六編のエッセイが収められている。「うどんのお化け」もそのひとつ。うどんのお化けとはなんだろう？　じつに興味をそそられるタイトルだ。

こんなふうにはじまる。

> 目下、僕は毎日、R撮影所へ通って、仕事をしている。そして、毎昼、うどんを食っている。

「悲食記」を途中まで読んだすみれは、あれ、と思う。著者がうどん好きというイメージがなかったからだ。だが続く部分でその理由がわかる。撮影所がへんぴな場所にあるため周囲に飲食店が少なく、「一番安心して」食べられるものとして昼は同じ店のうどんを食べることにしたのだ。安心というのは、体調管理に関してという意味らしい。うどんを食べているので腹具合がいい、と書かれているからだ。

出前を頼んでいるのは、うどん専門店ではなく「撮影所の近くにある、そば屋」なのだが、蕎麦は注文していない。


そばも食いそうなものだが、僕は、そばってものは嫌い。嫌いと言うよりも、そばを食うとたちまち下痢する。


というわけで、注文するのはもっぱらうどん。だが、毎日注文するうち問題が生じる。おかめ、卵とじ、鴨南蛮、鍋焼き、カレーうどん、きつねうどん、たぬきうどんなど、変化をつけるようにしても、十日以上続くとさすがに飽きてしまうのだ。そこで著者は、「カレーうどんに生卵を落して呉れと註文したり、おかめと、きつねの合併したのを造って呉れと、言ったりし始め」る。

うどんのお化けの正体も、その直後に判明する。

或る日のこと、又色々考えた末に、今日は一つ、おかめと卵とじの合同うどんを拵えて呉れないか、と註文した。やがて、出前持ちの青年が、それを持って来たので、こんな妙な註文をする客は、他には無いだろうね、と言ったら、出前持ち曰く、

「いいえ、これはカメトジと言って、ちょいちょい註文があります」

へーえ？　と僕は驚いた。

が、更に、驚いたのは、出前持ち氏の次の言葉である。

「随分いろんなこと註文する方がありましてねえ。ええ、お化けっての知ってますか？」

「お化け？　へーエ、うどんに、そんなのがあるのかい？」

「あるんです」

「何んなんだい？」

「ええ、ネタを全部ブチ込んじゃうんです。おかめも、きつねも、たぬきも――」

「ハハア、それが、お化けか」

なるほど。SNSやユーチューバーの動画で、全国的なカレーのチェーン店や宅配ピザのトッピングを全部乗せする企画を何度か見たのを思い出す。すでに昭和の昔から、同じようなことを考える人たちは存在していたわけだ。

著者は、そういう人を「うどん食いにも、通はあるもんだな」と面白がり、自分でも早速つぎの日「お化け」を注文する。すみれは期待して読み進めたが、ロッパの感想は「こいつは、正に、お化けで、味もヘンテコなものであった」という微妙なものだった。

その後はうどんのよもやま話が続く。うどんに関しては関西や、名古屋のきしめんなどのほうがおいしく東京が一番不味（まず）いという見解や、自分がうどんを食べはじめるきっかけは、うどん好きの女優に感化されてというエピソード。汁もののうどんより、焼きうどんを好むという嗜好について。

そこから話は蕎麦にそれ、さらに寿司へと飛ぶ。

すし屋についても、僕は、すし通は、並べられない。何しろ、まぐろが食えないんだから。

これも紙野君が言っていた話だ。

すし屋へ行ったって、食えるものと言ったら、こはだ、あなご、卵と言ったところ。それから、関西風の生海老、所謂（いわゆる）おどりというのは大好きだ。そして、僕は、ゴハン（シャリ）も、江戸風の酢で黄色くなってるようなのより、関西風の、酢の弱いシャリの方が好きというんだから、ますます以て、江戸っ子の顔よごしであろう。

いいえ、野暮な話だが、大阪の押しずし、蒸しずし（ぬくずし）なんかも、好きだ。魚ってもの、貝ってもの（貝に至っては貝と名のつくものは一切食えない）を、食わない。

そこから「食えないんじゃあ、日本食について語る資格は、自分でも無いと思っている」という結論に至って、「その代り、ちょいと脂っこいもののことになったら、うるさいよ」という一文で結ばれる。

わずか五ページの文章なので、あっという間に読み終わってしまった。

著者らしいざっくばらんさが楽しいエッセイだ。うどんのお化けの正体もわかって気がすんだ。

さて――紙野君がこの話を那須山さんにおすすめした理由はなんだろう？

那須山さんは、達富氏があらかじめ予定していた「魂の一食」の七貫を、本番でいきなり変更した謎について頭を悩ませていた。「うどんのお化け」にはそのヒントがあるはずだ。

タイトルにこそうどんが入っているが、最後の話題は寿司だ。ポイントはこの部分ではないだろうか。

寿司に関して、著者は自ら江戸前よりも関西風を好むと、うどんと同じような告白をしている。江戸前の否定だ。あとは、マグロ以外にも貝が一切食べられないということ。この辺りがヒントだろうか。

しかし、話を聞くかぎり、浜岡ススム氏は古川ロッパのような偏食家ではない。浜岡氏は江戸前の寿司も否定していない。それどころか、その素晴らしさを熱く語っていた。むしろロッパとはことごとく反対ではないか。

ヒントはそこではなく、本題である「うどんのお化け」のほうにあるのかもしれない。

「うどんのお化け」も、「魂の一食」と同じくメニューにまつわる事柄だ。「うどんのお化け」のテーマは、メニューの網羅、コンプリート。『厨の七匠』という番組や「魂の一食」のコンセプト、あるいは、浜岡ススムという人物と重なるところはあるだろうか？

考えてみたがすぐには答えが出てこなかった。

そこで気づく。「うどんのお化け」にはもうひとつ、毎日食べ続けてうどんに飽きる、という主題がある。飽きたことで、著者は献立にないオリジナルな組み合わせを注文する――これは、達富氏が握り寿司をいつもと異なる仕上げで出したことと通じるのでは？

達富氏は自分の献立に飽きて、事前に番組スタッフに伝えた七貫の内容を本番でとっさに変えた――明らかに穴がありそうな推理だとは思ったものの、考えてもそれ以上の答えは浮かんでこなかった。

今日はもう寝ることにして、枕元の『食器と食パンとペン』を手に取り、目を閉じてページを開いた。

まず左ページのイラストが目に入る。

ティーカップとテトラ型のティーバッグがモチーフになっている。水色の水――湯気は出ていないようだ――がたたえられたカップの水面近くに、てっぺんに紐がついたティーバッグを思わせる三角錐が浮かんでいるが、やはり水色や青系の色で淡く着色され、なかに透けて見えるのは紅茶葉ではなくふたりの男女のようだ。並んで体育座りをしている。テントのなかに座っているようにも見える。

右ページにはこんな短歌があった。

あいうえおかきくけこさしすきでしたちつてとなにぬねえきいてるの　　まひろ

五十音表にからめた言葉遊びのような短歌だ。字面を見ているだけでもユーモラスで楽しい。が、そのユーモアには切なさや寂しさがひそんでいる、と感じる。

短歌と合わせると、イラストに描かれたふたりの距離感や関係のようなものが自然と想像されてくる。が、解釈を押しつけてくるような窮屈さとは無縁の、透明感のあるイラストだ。

そういえば、達富の大将は本番の撮影時に「あいうえお作文」が得意だとアピールして披露したんだっけ、と那須山さんの話も思い出した。

また短歌に目を戻す。内容もさることながら、ユニークな字面のインパクトが素敵だ。なんだか愉快な気持ちになったまま、すみれは眠りにつくことができた。

5

数日後、すみれは『厨の七匠』のオンエアを録画して観た。ほまりさんや那須山さんが語っていたとおり、食いしん坊にはたまらなく面白い番組だった。那須山さんの撮影も素晴らしく、画面ごしでも達富の大将の握りを見ていると口のなかに唾が湧いてくるほどだった。

あの晩、那須山さんを通じて聞いていただけの収録場面も、しっかり確認できた。「ススムがたり」というコーナーでの浜岡ススム氏による「魂の七貫」の予想は、達富での実食場面に先立って流れた。本番で予想を大きくくつがえされた浜岡氏が当惑したように見えたのも最初のうちだけで、あとはほとんどそれを感じさせることはなかった。

番組を観ると、浜岡氏が予想した七貫のほうが、大将が本番で握った七貫よりも江戸前寿司らしいのではないかとすみれは思った。もちろん、あくまで江戸前寿司の素人の感想にすぎないが。

三日後。閉店後のすみれ屋で、すみれ、紙野君、ほまりさんの三人はワインと料理を前にテーブルを囲んでいた。紙野君に謎解きの答え合わせをしてもらうことを兼ねた飲み会だ。

「まず、わたしの推理を言っていいですか?」と発言したのは、ほまりさんだ。

すみれにも紙野君にも異論はない。

「那須山さんのお話のなかで、わたしがヒントになると思ったのは、浜岡さんが達富さんにした最後の質問——仕事をするうえで一番大切にしていることはなにか——です。ここで達富さんは、おそらく自分の本音を語っていた。その言葉に込められた真意を読み取ることができれば、本番で『魂の一食』の内容を変えた理由もわかるのではないかと」

いつものことだが、ほまりさんはすみれより考えが深い。結局すみれは、「うどんのお化け」から離れることができないまま推理を投げ出していた。

「オンエアも観て達富さんの答えに、気になったキーワードがありました。『自己管理』です。達富さんは最後に、体が資本である職人を長く続けるために一番大切なのは自己管理である、という意味のことを言って、浜岡さんにも同意を求めましたよね？　自分のことを語りつつ、浜岡さんについても言及していた。達富さんはその言葉にも本番での魂の七貫にも、浜岡さんへの個人的なメッセージを込めていたのでは？　それがわたしの推理の肝になります」

「メッセージ？」すみれは訊き返した。

「ええ。実食の最初の一貫は、小柱。これを通常の煮切りでなく塩で出した理由について、浜岡さんは達富さんに自分の推測を話した。このとき達富さんはそれを肯定も否定もせず、いきなり『一期一会』という言葉を持ち出しました。その言葉について、自分が握って終わる一方的なものではなく、お客さま、つまり浜岡さんが受け止めてはじめて完結する、ともおっしゃった――」

そうか。たしか達富氏は、こんなふうに続けていた――『言葉はわるいが真剣勝負のようなもの。今日お出しする七貫は、私から浜岡さんへの一対一のおもてなしですから、私の気持ちを受け取ってくださるかどうかも浜岡さん次第』。

「待って」すみれははっとする。「ということはつまり、本番で出した七貫には、達富さんが浜岡さんに、あの日一番伝えたかったメッセージが込められていた、ということ？」

「はい」ほまりさんがうなずく。「そのキーワードが、さっきも言った『自己管理』です。当日浜岡さんは目が充血して、くしゃみまでしていた。それを見た達富さんは、『風邪のひきはじめとか？』と心配したんでしたよね？」

「うん――那須山さん、そう言ってた」

「風邪をひく、というのは、達富さんからすれば、自己管理ができていない、ということになるんじゃないでしょうか。寿司を握ることを一期一会、職人と客との真剣勝負にもなぞらえる達富さんは、キャリアを見ればわかるように、自分に厳しくストイックな生活をこれまでたゆまず続けてきた。そんな彼の目に、自分との真剣勝負に臨むその大切な日に、ベストコンディションを保ってこなかった浜岡さんはどう映るでしょう？　答えは、そう――プロフェッショナル失格です」

なるほど――説得力がある。

「浜岡さんの事前の予想に反して――」ほまりさんが続ける。「達富さんは、本番で

『達富』を代表するような寿司を握らなかった。たとえば、マグロの赤身のヅケ。たとえば、穴子。たとえば、コハダ。そして、車海老。達富さんが事前にスタッフに伝えた七貫にもその四貫が入っていた。浜岡さんは横綱相撲をするため、あえて『達富』らしい武器をすべて封印しようとしたのかもしれない、と那須山さんに言ったそうですが、わたしの考えはちがいます。たしかに、達富さんは、あえて『達富』らしさを封印した。でもその理由は、横綱相撲をするためではなく——浜岡さんに食べさせないためです」

「……プロフェッショナル失格だから？」

「だと思います……浜岡さんファンの自分には悲しい推論ですが」ほまりさんは顔を曇らせた。

「すごいね、ほまりさん。わたしは全然思いつかなかったけど、言われてみればうなずけることばかり。もしそうだとして——紙野君が那須山さんに薦めた『うどんのお化け』は、どういうヒントになってるの？」

「あ、はい」ほまりさんは、目の前に置いてあった自分の本に目を向ける。「『うどんのお化け』のなかで古川ロッパは、うどんの話以外にも蕎麦や寿司といった日本料理についても触れていますよね？　自分はどちらもちゃんと食べられないと語ったうえで、こう認めます——『食えないんじゃあ、日本食について語る資格は、自分でも無いと思っている』。浜岡さんはロッパさんとちがって偏食家ではありませんが、この言葉は、達富さんが七貫を通じて浜岡さんに伝えようとしたメッセージと重なります。つまり――プロフェッショナル失格である浜岡さんに、『達富』の真価を味わう資格はない、と」

「おお……！」思わず声をあげていた。これは、ひょっとしてひょっとするのではなかろうか。「どう、紙野君――ほまりさんの推理、正解？」

ほまりさんも紙野君を見る。紙野君が口を開いた。

「であってもおかしくないと思います」

「つまり――」ほまりさんは意外そうに、「紙野さんの推理とは、ちがう、と？」

「うん、少し」

「そうですか……今回のはけっこう自信あったんだけどなあ」ほまりさんは残念そうだ。

「わたしも、ほまりさんの推理でばっちりだと思った」すみれも力を込めて言った。

「俺の考えもあくまで仮説にすぎませんが――」

「教えて、紙野君」

「降参です。お願いします」ほまりさんが頭を下げる。

「ほまりさんは、達富さんが本番で出した七貫には浜岡さんへの――彼だけに対する

――メッセージが込められていた、と考えた。俺もその点はまったく同じだよ。ほまりさんとちがうのは、そこに込められたメッセージの意味だけだ」そこで紙野君は席を立った。「わかりやすいように、達富さんがスタッフに事前に教えた七貫と、本番で実際に握った七貫を一覧にしてみよう」

コピー用紙とペンを取ってくるとまた席に着いて、すらすらと書きはじめた。すみれとほまりさんは顔を見合わせる。そういえば前にもこんなケースがあった。

◆事前に決めた七貫

一貫目　コハダ（煮切り）
二貫目　ホッキガイ（塩）
三貫目　マグロ赤身ヅケ
四貫目　バフンウニ軍艦（煮切り）
五貫目　シャコ（地・煮切り）
六貫目　車海老（煮切り）
七貫目　穴子（ツメ）

◆本番で出た七貫

小柱（塩）
ムラサキウニ（塩）
キス（梅びしお）
アマダイ（たまり醬油）
ヤリイカ（塩・かぼす）
シマアジ（たまり醬油）
イワシ（たまり醬油）

「……はあ」ほまりさんがため息をつく。「こうして眺めてるだけでも、よだれが出てきそう」

「だよねえ」すみれも同意する。

「奮発して行ってみたいですけど、予約もなかなか取れないんでしょうね。——あ、ごめんなさい、紙野さんの話、さえぎっちゃって」

「大丈夫。俺も、回らない寿司屋さん、久しく行ってないから、自分で書いててなんか少し切なくなってた。でも、気を取り直して続けようか」紙野君が苦笑する。「それぞれのタネとそれに対する仕上げを（　）内に書いた。これを見て、なにかに気づかない？」

「煮切り？」すみれは口にした。「事前の七貫では、『達富』らしく煮切りを使った仕上げが多かった。でも本番では、煮切りを使っていない」

「まずそこですよね」

「煮切りだけじゃありません」とほまりさん。「シャコの地や穴子のツメ、マグロのヅケ醤油といった、『達富』らしい仕事をしてないですね……全然」

「うん。タネの変更もさることながら、本番では『達富』らしい、江戸前寿司らしい仕事をことごとく避けた仕上げにしている。俺はそこになんらかの意味があると思った。それがなんなのかを考えるうち、あることに気づいたんだ」

「あること……？」

「煮切り、地、ツメ、ヅケ醤油――すみれさんとほまりさんがいま挙げた、江戸前寿司の仕事としての仕上げには、いずれも共通しているものがある。それは――醤油だ」

「あ……ほんとだ」

「俺はこう考えた。ひょっとして、達富さんが江戸前寿司の重鎮である『達富』らしい仕上げを避けたのは、醤油を使わないようにするためだったんじゃないかって」

「ちょっと待って」すみれは引っかかる。「本番の七貫でも醤油は使ってるよね？」

「そうですね。本番ではたしかに四貫に醤油を使っている。でも見てください――」

紙野君は自分で書いた献立表を示す。「使っているのはいずれもたまり醤油。達富さんは本番の最中に、息子さんにわざわざ用意させていた。つまり、ふだん使っている醤油とはちがう」

「そうか……でもなぜそれを？　もしかして、ふだん使っている醤油の状態がわるくなっているのに本番直前で気づいたとか？」

「達富さんほどストイックな方であれば、もしそうだったらTVスタッフに撮影日を改めてもらうなどの対応をするほうが自然に思えます」

「……たしかに」

「達富さんが本番でふだんの醤油を使わず、たまり醤油を使った意図はなにか。そう考えるうち、あることに気づきました。ふたつの醤油には決定的なちがいがある。『ススムがたり』で浜岡さんは、『達富』でふだん使っている醤油について、蔵元が古式製法で天日塩と国産の小麦、大豆を使って作る、と説明していました。いっぽう本番ではたまり醤油について、基本的には大豆と水と塩だけで作ると話していた。ふたつの醤油の決定的なちがいは原材料です」

「そのとおりですね」ほまりさんがうなずいている。「気がつきませんでした。でもそのちがいになんの意味が……？」

「その前に、達富さんから浜岡さんへのメッセージについて最大のヒントがあったことを思い出してほしい」

「最大のヒント……？」

「うん。じつは達富さん自身が浜岡さんにあらかじめヒントを出していたんだ。那須山さんによれば、本番前、浜岡さんは達富さんに、特技のなぞかけの披露をリクエストした。でも達富さんは自ら、なぞかけじゃなく、あいうえお作文をやりたいと提案した。その話を聞いたとき、おやっと思ったんだけど、テレビで本番を観て確信した。あいうえお作文を披露したあと、達富さんは寿司を握る前に手を洗っていた。スケッチブックとペンに触れたからだろう。でも、浜岡さんのリクエストどおりなぞかけにしていれば、そんなことをする必要はなかった。なぜわざわざそんな手間のかかるあいうえお作文を選んだのか。そこに達富さんの意図があったと考えるべきだって」

そこで紙野君は、自分で書いた献立表をすみれとほまりさんに見やすいよう向きを変えた。

「あいうえお作文は、いくつかの言葉の最初の一文字に着目する言葉遊びだよね。本番で出された七貫のタネの最初の一文字を順番に並べると、こうなる——『コムキアヤシイ』」

「……どういう意味？」すみれは訊ねた。

「これだけだとはっきりしませんよね。でも、達富さんご本人が、さらなるヒントをくれていました。三貫目のキスを出したとき浜岡さんにこう説明する——『で、最後に白胡麻をちょんちょん、とふた粒。あっさりした身に、あえてアクセントというか、仮名に濁点を振る感じで添えました』と。つまり、最初の文字を並べた言葉は『キ』に濁点を振った『コムギアヤシイ』が正解。それこそ、達富さんが浜岡さんに伝えたいメッセージだったんじゃないでしょうか。『コムギ』は文字どおり、穀物の小麦。『アヤシイ』は怪人のほうの怪しい。つまり小麦が疑わしいという意味」

すみれとほまりさんはまた顔を見合わせた。紙野君はなにを言いたいのだろう。紙野君がワインをひと口飲んでから、口を開く。

「では『コムギアヤシイ』という言葉に込められた達富さんのメッセージとはなにか？　達富さんは、浜岡さんに小麦アレルギーが発症したかもしれないと考え、『魂の一食』の七貫を使って、それを彼だけに忠告しようとしたのではないか、というのが俺の推測です」

「小麦アレルギー……」ほまりさんがつぶやく。「風邪じゃなくて、そっちだったのか」

「さっきほまりさんが指摘した目の充血やくしゃみのほか、那須山さんはたしか浜岡さんが目をこすっていたとも言っていた。どれも食物アレルギーの基本的な症状だよね。でも浜岡さんは前の晩は撮影に備えてしっかり寝たし、朝出かける前に鏡を見たときも目は充血していなかったと語った。朝起きたときもふだんと変わらぬ体調だったとも。では、朝起きて家を出てから『達富』でのロケまでの間にいったいなにがあったのかと考えると――」

「パン屋の取材！」すみれは言った。

「そうです。浜岡さんは、『厨の七匠』の寿司編のつぎのテーマであるパン編の取材のため、二軒のパン屋を回って試食をしていました。それを達富さんにも話している。そこで達富さんは、浜岡さんに小麦を原因とするアレルギーが発症したのではないかと考えたのではないでしょうか」

「さすが紙野君……でもちょっと疑問なのは、それくらいの症状で達富さんが浜岡さんの小麦アレルギーを疑い、忠告しようとする動機になるのかな」

「自分も料理人として客へ出す以上は当然ですが、達富さんには、個人的にも食物アレルギーに神経質になる理由があったんだと思います」

「理由……？」

「ええ。浜岡さんからの最後の質問への答えで、達富さんは、幼馴染の蕎麦屋さんについて語っていましたよね？　健康上の理由で店を畳んでしまった。達富さんはそれを『あれは不慮の事故みたいなもんだ』『不可抗力』と形容した。つまり事故や怪我でもなく、気をつけていれば防げる成人病のようなものでもないと推測できる。しかも『芸能人にも職業病じゃないが、遊んで体を壊す人もいる。それは気をつけてるんじゃないですか？』と、唐突に『職業病』という言葉を持ち出していた。これはきっと、健康上の理由で店をやむなく畳んだ幼馴染の蕎麦屋さんの健康上の理由が職業病だったというヒントでしょう。蕎麦屋さんの職業病と言えば、腱鞘炎か腰痛か――蕎麦アレルギーです。達富さんの幼馴染は蕎麦アレルギーを発症してしまったのではないでしょうか」

「そういうことか……」

「達富さんは、食物アレルギーには敏感なうえにも敏感だった。でもスタッフが周りにいる状況で浜岡さんへの懸念を口にすることはできない。まだ疑いにすぎませんし、グルメタレントとしての地位を確立しつつある浜岡さんの今後の仕事にもかかわる内容です。本番直前、達富さんは素早く頭を巡らせたにちがいない。古式製法の醤油は『達富』の寿司を支える大事な柱だが、少しでも小麦アレルギーの疑いがある浜岡さんに食べさせるわけにはいかない。ロケ日をあらためて解決する問題とも思えない。そこで彼は、『魂の一食』の七貫の内容を思い切って変えることでこの局面を乗り切り、さらには浜岡さんへのメッセージを送ろうと考えた。それがあの七貫だった」

紙野君は献立表に目を落とした。

「醤油のほかにも、事前の七貫と本番の七貫を比べるといくつかのことがわかります。まず、同じウニでもあえてバフンウニをムラサキウニに替えたこと。一文字目として『ム』が必要だったからでしょう。事前の予定でも一貫目はコハダで、頭文字を取ると『コ』。本番の小柱と同じです。俺は浜岡さんのようなグルメじゃないので完全に推測ですが、ふだんの醤油を使わないと決めた時点で、達富さんは煮切りの代わりに塩とたまり醤油を使うことを考えた。どちらか一方では不自然だし、タネとの相性もあったのでしょう。たまり醤油は途中、浜岡さんの出身地を確認する会話から自然な流れで使うことにした。それまでは塩や梅びしおでの仕上げにする。最初の一文字である『コ』にコハダを使わなかったのは、『達富』にとっても江戸前寿司にとっても大切なタネを、伝統的な煮切りを使わず塩で出すのは、達富さんの職人としてのプライドが許さなかったんじゃないかと思います」

「それはありそう」

「小柱についてはべつの角度からも検証できます。タネとしての貝という側面に注目すると、事前の七貫にはホッキガイが入っていた。でも本番では小柱に替え、さらに二貫目ではなく一貫目に出した。最初の一文字に『コ』が必要だったからです。つぎに『コムギアヤシイ』の『シ』。事前の七貫にはシャコが入っていたが、本番ではシマアジになった。なぜシャコを使わなかったのか。すでに醬油を使った地につけていたからでしょう。こうして考えても、達富さんが本番の七貫に込めたメッセージは、『コムギアヤシイ』でまちがいなかったと思える」

すみれはうなずく。すっかり納得していた。

「――達富さんは、むしろ浜岡さんの身を案じたからこそ、『達富』を代表するような仕事をあえて封印してまで、七貫の内容を変えたんですね」ほまりさんが感じ入ったように言う。「わたし、反対のこと考えちゃってました。なにか申し訳ない気分です」

「大丈夫」すみれは声をかけた。「わたしも、達富さん、意地悪？　って思ったもの。紙野君の説明を聞くまでは」

「やっぱりすごいですね、紙野さんは」

「俺としては、ほまりさんの推理が的中しているほうがいいと思ってる」紙野君は考え込むような顔になった。「もし俺のほうが当たっていたとしたら――」

「浜岡さん、大変ですもんね」ほまりさんも案じるような顔になった。「気になりますね。本当のところはどうだったのか」

「あ、そういえば――」すみれは気づく。「『うどんのお化け』のどこが、小麦アレルギーのヒントだったの?」

「あのエッセイのなかに、ヒントはふたつありました」紙野君が答える。「ひとつは、ロッパはマグロを食べると蕁麻疹が出るのでマグロの寿司が食べられない、というところ。もうひとつは冒頭近くで、『僕は、そばってものは嫌い。嫌いと言うよりも、そばを食うとたちまち下痢する』と書いている部分です。ロッパは偏食家でしたが、このエピソードはどちらもたんなる好き嫌いの話ではなく、体質の問題だったと考えられます。ロッパがあのエッセイを書いた当時、まだそういう概念はなかったかもしれません――が、俺はどちらも、食物アレルギーが原因となった症状だったんじゃないかと思ってるんです」

すみれの目から鱗(うろこ)が何枚か落ちた。

6

「うわっ、那須山さんの言ってたとおりだ、これヤバい――――！」

ニューイングランド・バー・ピザの最初のひと口を頬張った浜岡ススムさんが、目を見開いて歓喜の声をあげた。

「でしょう？」自分もむしゃむしゃ食べながら、那須山さんが浜岡さんに向かってにやっと笑う。

「恥ずかしながら、こんなピザ、存在すら知りませんでした」浜岡さんはそう言って紙野君を見た。「紙野さんには感謝しかありませんが、推理が全部的中しなくて本当によかったです。そうでなかったら、こんなに美味しいピザ、食べられなくなっちゃってました！」

浜岡さんの飾らないコメントに、すみれも紙野君もほまりさんも思わず笑顔になっていた。

那須山さんに連れられた浜岡さんがすみれ屋を訪れたのは、すみれが紙野君の「答え合わせ」を聞いた日から二週間後の夜のことだった。

紙野君に『ロッパの悲食記』を薦められた那須山さんはすぐ「うどんのお化け」を読んだ。が、すみれと同様、なぜ達富氏が本番で七貫の内容を変えたのかについては見当がつかなかったので、「答え合わせ」の翌日ひとりで店を訪れ、紙野君に答えを教えてくれるよう頼んだ。

紙野君の推理を聞いた那須山さんは驚嘆すると同時に、仕事仲間として浜岡さんの体調が心配になった。考えた末、ふたりだけのタイミングを選んで浜岡さんに紙野君の推理の話をぶつけてみることにした。浜岡さんのおどろきようもひととおりではなかったという。

『達富』でのロケの日以降、とくに目の充血やかゆみ、くしゃみといった症状は出ていなかったが、浜岡さんはすぐ内科へ足を運び、血液検査をしてもらった。結果、小麦アレルギーをはじめとする食物アレルギーは検出されず、アレルゲンとして特定されたのはスギ花粉だけだった。医者によれば、ロケの日に症状が出た原因は不明だが、ひょっとしたらその前のロケ先かどこかでアレルゲンを持つ植物などに触れたためかもしれないとのことだった。

安心した浜岡さんはすぐ、あらかじめ連絡したうえで菓子折りを持って『達富』へ足を運んだ。アイドルタイムに達富氏に面会し、「魂の一食」の本番での七貫に込められたメッセージついて確認したところ、達富氏は「わかってもらえたか」と認めたという。

「浜岡さんを試すようで失礼だったかもしれないが、あのときは、ああするしかないと思ってさ。それで——どう、体のほうは？」

浜岡氏が内科の検査と医者の見解を報告すると、それまで硬かった達富氏の表情が一気に緩んだという。

「——そうかあ。そりゃあよかった。ほんとによかった！」

「お気遣い、本当にありがとうございました」

「いまとなっちゃあ、いらぬお世話だけど」

「とんでもありません。達富さんのお気持ちに気づいたとき、あの七貫の味はいっそう格別なものになりました」

「でも、そうとわかりゃあ、ぜひ時間作ってゆっくり食べに来てよ。最初に考えてた『魂の一食』の七貫、握らせてもらうからさ」

今日、那須山さんと一緒にすみれ屋に来た浜岡さんは、紙野君を見て「あなたが紙野さんですね。このたびはおかげさまで助かりました」と握手を求め、紙野君は「ようこそいらっしゃいました」と握手に応じた。

「今回の件では、本当にお世話になりました」ピザを食べながら、浜岡さんが紙野君に言った。「那須山さんが紙野さんに相談してくれていなければ、僕、一生、達富さんのお心遣いに気づかないままだったと思います。そうならなくて本当によかった。一流の料理人のすごさについても、まだまだ思い至りませんでした。自分ももっと研鑽を積まないと——紙野さんのおかげであらためてそう気づくことができました」

那須山さんが言っていたとおり、浜岡さんは努力家で勉強家のようだ。すみれは自然と好感を抱いた。

「どうです？」浜岡さんがすみれたちを見回した。「もしよければ、紙野さんはじめ、すみれ屋の皆さんにお礼がしたいんですが」

「わたしたちも、ですか……？」すみれは当惑する。

「那須山さんも一緒に」と浜岡さん。「よかったら今度みんなで、『達富』さんへ行きませんか？　幻の『魂の一食』の七貫、ご馳走しますよ」

「ほ、ほんとですか——!?」

ほまりさんが声をあげ——すみれとほまりさん、紙野君は思わず顔を見合わせ、歓喜を分かち合った。

天狗と少女と玉子サンド

※藤子・F・不二雄の短編「ヒョンヒョロ」の結末に触れています

1

「変化に富んだとても味わい深い短編集でしたが、やはり一番印象に残ったのは表題作でしょうか」

ランチタイムのピーク過ぎ。コンビーフサンドイッチのランチセットを食べ終え、追加で注文したレモンカスタードのパイを食べながら、御厨花音(みくりやかのん)さんが言った。カウンターのドリンクの横には本が置かれている。『ロシア美人』というタイトルのハードカバー。作者はウラジーミル・ナボコフ、訳者は北山克彦。

「『ロシア美人』だね」カウンターの内側で紙野君が応じる。

「わずか七ページ。収められた作品のなかで一番短いのに、心に残る力は一番強力でした。読み終えて二日経つのに、ふと気がつくとこの作品——というか主人公のオーリガのことを考えている自分がいます」

花音さんはロングストレートの黒髪が印象的な、十九歳の女子大生だ。色白ですらりとした長身、白い襟とリボンのついた明るい紺色のハイウエストのワンピースを着こなしている。女性であるすみれも思わずうっとり見とれてしまうほどの美人である。

ほかの常連客によれば、すみれ屋の近所に代々暮らす資産家のお嬢様だという話だが、それも納得の、生まれついての品のよさを感じさせる女性だった。

平均して週二回くらいのペースだろうか、いつもひとりでランチタイムにすみれ屋を訪れ——そして必ず紙野君がフェアを展開している古書スペースの陳列台の上から本を買って帰る。

「ストーリーそのものはシンプルですよね。貴族の家庭に生まれたけれど没落する薄幸な美女の人生をスケッチみたいに描いた小品。彼女がロシアを出てドイツへ移住して貧しい暮らしへ落ち、若い盛りが過ぎたところで古い友人に紹介された男性と結婚をし、そして——翌年出産のさいあっさり亡くなる。あらすじだけ取り出すと少し陳腐な印象すらあります。じつはけっこう気の毒なお話ですよね。十九歳になったオーリガがロシアを離れる一九一九年の春、母親が発疹チフスで亡くなり、兄が銃殺刑に処されることがさらっと書いてあったり」

「うん。オーリガの人生はかなり悲劇的だ。でもわれわれは悲惨な話を読んでいるとは感じない。『言葉の魔術師』とも評されるナボコフの意図的な操作だろうね。ナボコフはオーリガの人生と絶妙な距離感を保って、悲惨なエピソードが重くならぬよう、ユーモアすら感じさせる筆致で描いている」

「貧しくなってからの描写で、こんな文章がありました——『いまでは、ハンドバッグの内側の絹地はぼろぼろになっていた（だから、迷子のコインを見つける望みだけはいつもあったわけだ）。』」

「重大な出来事だからといって細かく描写せず、さっき花音さんが言ったとおりあっさり済ませたり、あるいははしょったりしているよね。さらにこの短編では時間も巧妙に操作されている」

「時間、ですか？」

「ひとりの女性の一代記だけど、ナボコフは時系列にしたがって書いていない。いきなり時間が飛んだり、逆に戻ったりする。これもオーリガと距離感を保って、物語を悲惨なイメージに押し込めないためのナボコフの工夫だと思う」

「言われてみるとそのとおりですね。オーリガが友人の別荘でプロポーズされたあと『なんて田舎者なんでしょう！』と言ったそのつぎの文章で、『そして翌年の夏、出産のさいに亡くなった。』ですものね。そこは大事な場面でしょう、それまでの間にどんなことがあったのか、人生の最後は幸せだったのか、読者はそこを知りたいのにまったく描かれない。そのせいか、なにか意図的に語られていないことがあるのでは？と、読み終えてからも少し落ち着かない気持ちが続いてるんです」

「鋭い感想だと思う」

「表面上の物語の下に、なにかもっと大きなものが流れているような感覚もあって

──それでこの作品のことがずっと頭を離れないような気もします」

「たぶんそのとおり。さすがだね、花音さん」紙野君はカウンターごしに花音さんに笑いかけた。

料理を作りながらふたりのやり取りを見聞きしていたすみれは、話題になっている本を読んでいないのでさっぱり話についていけない。紙野君と花音さんがふたりで盛り上がっている様子が、なんだかうらやましく感じられる。

「作者であるナボコフ自身もロシアの貴族家庭に生まれ、小説と同じ一九一九年に亡命者となることを余儀なくされた。ナボコフやオーリガがロシアにいられなくなったのは、ロシア革命が原因だ。オーリガは、祖国であるロシアそのもの、革命以前の旧体制のメタファーであるとも言われている。ヨーロッパに亡命していたロシア人たちは当初、いつか体制が変わって祖国に帰れるのではないかと期待していた。が、ロシア革命のあとソビエト連邦が建国され、社会主義政権が確立してその夢は潰え去った」

「──そうだったんですか」花音さんが黒目がちな目をぱっちり見開いた。「すごい。だからオーリガは若くして亡くなるんですね。世界史で少し勉強しましたが、ロシア革命について調べてもう一度読み返してみます」

「また新たな発見があると思うよ」

「紙野さんのおかげで、読書体験がいっそう豊かに深まります」

紙野君を見つめる花音さんのきらきらした瞳に思わず目を奪われる。フロアに視線を向けると、ほまりさんがなんだか面白そうに微笑み、すみれのほうに近づくと、お客様に聞こえない小さな声で「紙野さん、モテますよね？」とささやいた。

たしかに紙野君は親切で気さくで感じがよい。紳士的だし知的で気遣いもできるし、なにより本に詳しい。紙野君のファンになってすみれ屋の常連となる人も少なくない。その多くは女性。花音さんもそのひとりだ。

紙野君を見つめるあのまなざしは恋に近い気がする。そしてそのまなざしが気になる自分は——もしかして彼女に対抗心のようなものを感じていたりするのだろうか？

まさか自分が、お客様に対してやきもちを焼いてしまうような人間だったとは。プロとして恥ずかしい。アラフォーの女性として情けない。いい加減おばさんなのにイタ過ぎる。ネガティブな感情ばかり湧いてくる。すみれは目の前の作業に集中して雑念を追い払おうと努めた。

よし、大丈夫。

すみれ屋の主人としての自覚をやっと取り戻した頃、ドアが開いてお客様が入ってきた。

「いらっしゃいませ」ほまりさんが出迎える。

はじめてのお客様だ。カジュアルな服装だが颯爽とした印象の女性と、かわいらしいキッズ用のサコッシュを斜めがけにした、目のくりっとした、つやつやの黒髪が印象的な女の子。親子だろうか。

ほまりさんはふたりを空いていたカウンター席に案内した。テーブル席より高いので、子供にはキッズチェアを用意するが、それでもかまわないかお客様に確認している。ほまりさんがスツールから替えたキッズチェアに少女が腰かけ、その隣に母親らしき女性が座った。

「いらっしゃいませ」カウンターのなかからすみれと紙野君も声をかけた。

「こんにちは」母親が言った。

「こんにちは」少女もすみれに会釈した。五歳くらいだろうか。年の割にはしっかりして見える。

「なに食べようか」母親がメニューを開いて、女の子にも見えるようにした。「ランチメニューはサンドイッチか鶏カレーだね。カレーはひなたには辛いかな。チリドッグも。サンドイッチは、自家製コンビーフサンドイッチに、へえ、フィリーズチーズステーキサンドイッチっていうのもあるのか。美味しそう」

「ひなた、玉子サンド食べたい。玉子サンドある？」

「それはないみたい。ロブスター&アボカドロールか――あっ、エッグベネディクトもあるよ」

「なにそれ？」

「ロブスターは海老、エッグベネディクトは玉子使ってるよ。半熟だから玉子サンドとはちょっとちがうし、パンで挟まないオープンサンドだけど」

「んー」ひなたちゃんはメニューの写真を見て、「こっちがいい」と指さした。「ロブスター&アボカドロールね。それも美味しそうだよね。わかった。ママもサンドイッチにしよう。けどどれも美味しそうで迷っちゃうなあ。ひなた、ほかに食べてみたいサンドイッチある？」

「味見ってこと？」

「そう」

ひなたちゃんは首をかしげ、黙ってメニューに指を置いた。

「エッグベネディクトね。了解。ママも気になってた。どこでも食べられるメニューじゃないしね」

「じつはひなたも気になってた」

「そっか」母親は笑った。「食べたことない料理にチャレンジするのって、勇気いるもんね。賢い選択だ」

母親はほまりさんに二種類のサンドイッチのランチセットを注文した。セットのドリンクはオレンジジュースとホットコーヒー。

「あ、本がある」ひなたちゃんが古書スペースに気づいた。

「そうだね。古書カフェの『古書』って本のことなんだよ」

「『こしょ』……？　こしょこしょ。なんか、くすぐってるみたい」ひなたちゃんがおかしそうに笑った。

「ほんとだね」母親もにっこり笑う。「見せてもらおっか」

「うん！　ひなた、こしょこしょ大好き」

「ちょっと使い方ちがうかもだけど、ま、いっか。行ってみよう」

母子は連れだって古書スペースへ向かった。

古書スペースには児童書や絵本がまとめられた一角があり、座って読めるようマットも敷かれている。母子は靴を脱いでマットに上がると、ふたりでいろいろな本を見て手に取ったりしながらあれこれ話している。

すみれが母子のオーダーしたランチセットを整えていると、母親が「もうすぐできそうだから戻ってようか」とひなたちゃんに言った。

「これ、持っていきたい」ひなたちゃんが手にしていた本を母親に見せた。

「え、いいのかな？」

「かまいませんよ」いつの間にかカウンターを出ていた紙野君が声をかけた。「古書スペースの本はご自由に読んでいただけます」

「おじさん、本屋さんなの？」ひなたちゃんが言った。

「うん」

紙野君――おじさんって呼ばれてる！　すみれは少し愉快に感じたが、考えてみれば自分より年下の紙野君だって、ひなたちゃんくらいの娘がいても全然不思議ではない年齢なのだ。

「ひなた、ご本読むの大好きなんだ。だから本屋さんも大好き」

「それはうれしいね。おじさんも本屋さんが好きで本屋さんになったんだ。ひなたちゃんっていうんだ。よろしくね」

「加納(かのう)ひなた。五歳です」ひなたちゃんがあらたまって言った。

「おじさんは、紙野頁です」

「かみの、よう……名前、ようっていうの？」

「そうだよ」

「かっこいいね！」

「ありがとう。ひなたちゃんのお名前も素敵だね」

「ありがと。パパとママがつけてくれたんだよ」

「ひなた」母親――加納さん――がひなたちゃんに言った。「ご飯食べたあとにお席でゆっくり読ませてもらったら？　場所も取るし、汚しちゃうかもしれないし」

「わかった」ひなたちゃんは素直に本を戻した。

「ありがとうございます」加納さんは紙野君に言って、席に戻った。

ちょうど料理ができあがったので、ほまりさんが加納さん親子にランチセットをサーブする。

「美味しそう……」ロブスター&アボカドロールを見てひなたちゃんが言った。

ロングロールパンにボイルしてマヨネーズなどで味付けしたロブスターとアボカドの角切りを詰めた、アメリカのニューイングランド地方ではポピュラーなサンドイッチだ。

「ママのも」加納さんはそう言ってナイフとフォークを手に取った。

エッグベネディクトは、半分に割ってトーストしたイングリッシュマフィンのオープンサンドだ。半熟のポーチドエッグと、バターや卵黄などで作る濃厚なオランデーズソースをかける。ポーチドエッグの下にはそれぞれスモークハムとスモークサーモンが敷いてあり、二種類の味を楽しめるようになっている。

ふたりはまず自分たちのサンドイッチを食べはじめ、それからお互いのサンドイッチを味見した。エッグベネディクトを食べたひなたちゃんは、目をくるっとさせ加納さんを見た。

「どう？」

「ひなた、これ気に入った」

「そっか。好きなだけ食べていいからね」

ひなたちゃんはエッグベネディクトをひとつ食べ、食べきれなかったロブスター＆アボカドロールやつけ合わせは加納さんが残さず食べた。

「あー、美味しかった」

「うん」加納さんの言葉に、ひなたちゃんがあいづちを打つ。「本、見ていい？」

「いいよ」

キッズチェアを自分で降りたところで、ひなたちゃんは、「あ」と小声で言って、しばらくなにか迷っているように下を向いたあと、斜めがけしていたサコッシュを開け、なかから折り畳んだ紙を取り出した。

「ママ……はい」とその紙を加納さんに差し出す。

加納さんはけげんそうな顔をした。「なに？」

「あのね――これ、てんぐさんからお手紙。ママに渡してって」

「……天狗？」

「うん」

「天狗さんに……会ったの？」加納さんは開いた紙に目を落とす。

「会った」

加納さんが目を上げた。「どこで……？」

「おじいちゃんのお池」

「お池って……」

「それ以上は話しちゃだめだって」

ひなたちゃんはさえぎるように言って加納さんに背を向けると古書コーナーへ向かい、本を手にするとマットに座って読みはじめた。

加納さんはしばらく彼女を見つめていたが、あらためて「手紙」を開いて目を落としつつ、コーヒーカップを手に取った。ようやく顔を上げコーヒーをひと口飲んだところで、すみれと目が合う。

「素敵なお店ですね」彼女が言った。「保育園のママ友に教えてもらったんですけど、評判どおりお料理もすごく美味しい」

「ありがとうございます」すみれは答えた。

ありがたいことに口コミで足を運んでくれるお客様は少なくない。店にとっていいお客様は、やはり同じような人たちとつながっているものだ。客商売をしていると人と人とのつながりの大切さを痛感する。

そこへひなたちゃんが戻ってきた。さっきまで読んでいた本を手にしている。

「ママ、これ欲しい」持っていた本を差し出す。

「……『100万回生きたねこ』」本を受け取って加納さんがつぶやく。「そういえば、ママも昔読んだ記憶あるなあ。面白かった？」

「面白かった。なんか猫がねえ、すごいの」

「気に入ったのね。いいよ」加納さんは紙野君に向かって、「あの、本を買いたいんですが」と言った。

「料理と会計がべつになりますが、かまいませんか？」カウンターを出た紙野君は会計をし、袋に入れた本をひなたちゃんに差し出した。

「僕も大好きな本だよ。選んでくれてありがとう」

「えっ、よう君も読んだの？」

「ひなた。よう君って――お友達じゃないんだよ」加納さんがたしなめる。

「かまいません」紙野君が言った。「むしろうれしいくらいです」

「――すみません」

「もちろん読んだよ」紙野君がひなたちゃんに答えた。「ここにある本、全部おじさんが選んだんだからね」

「ほんと？」ひなたちゃんが古書スペースの本棚を見上げ、目を輝かせた。「すごーい！　よう君って、すごいんだね――！」

「そうかな」紙野君がにこにこする。

「うん。ひなた、よう君のファンになっちゃったかも」

きらきらした目で紙野君を見つめるひなたちゃんを見て、すみれははっとする。やっぱり、紙野君ってモテる――？

と、自分と同じようにひなたちゃんを見ている花音さんに気づいた。加納さんたちが来てからは、本を読みながら黙々とパイを食べ紅茶を飲んでいた彼女も、ひなたちゃんの言葉に反応して顔を上げ、ふたりの様子を気にしているようだった。

「よう君」ひなたちゃんはその呼び方が気に入った様子でくり返した。「ひなたね、ひと月くらい前に引っ越してきたんだよ」

「そうなんだ」

「今度のおうち、池があるんだよ」

「池？」

「うん。大きな鯉がいるの。錦鯉。人の顔みたいな模様の子もいるよ」

「へえ、それはすごいな」

「――大家さんの池なんです」加納さんが説明した。「越してきた家は、大家さんの家の敷地内に建つ戸建てで。もともとは離れとして使っていたところだそうです」

「でね、池にはひなたのひいおじいちゃんがいるの」

「……ひいおじいちゃん？」紙野君が聞き返す。

「うん。ひいおじいちゃんの生まれ変わり」

「生まれ変わり、かあ」

「あ、わたしの祖父のことです」加納さんが補足する。「信心深い人で、この子によく仏教の教えを話していたんです」

「そう。ママのほうのおじいちゃんとおばあちゃんの家は東京だけど、ひいおじいちゃんの家は鹿児島で、ニワトリとかも飼ってるの。ひなたが、なにに生まれ変わりたい？　って訊いたら、ひいおじいちゃんは、きれいな声で鳴くツユムシか、きれいな錦鯉がいいなあ、って」

「わたしの祖父は半年前に亡くなったんですが、引っ越して池の鯉を見に行ったとき、ひなたが言ったんです――ひいおじいちゃんの生まれ変わりがいるよ、って」

「大家さんのお庭はすごいんだよ。木もすごくたくさんあるし、盆栽とかいっぱいあって」

「木と盆栽と錦鯉か。それは素敵な庭だね」と紙野君。

「大家さんね、ガイジンさんなのに日本語上手だし、すごく優しいんだよ」

「ごめんなさい」加納さんが紙野君に言う。「お仕事の邪魔ですよね」

「大丈夫です」

「大家さんはママの知り合いなの」とひなたちゃん。「ママ、ひなたを産む前お仕事してて、そのとき知り合ったんだよね？」

「そうなんです」加納さんは、ひなたちゃんのおしゃべりに困ったような笑みを浮かべながら、「スコットランド出身の方で、貿易商をしていたんですが、日本の女性と結婚してこちらで暮らすようになったんです。奥さんが亡くなって、いまはひとり暮らし。わたし、ひなたを産む前まで設計事務所で働いていて、彼はそのときのお客様なんですが。そのご縁で、いまの家を貸してもらうことになったんです」

「ママはまたけんちくしさんのお仕事はじめたんだよね」

「もう、ほんとに今日は……」あきれ顔になった加納さんが紙野君を見る。「この子、いつもは人見知りが激しいんですけど、紙野さんは安心できるみたいで。すみません」

「いいえ。加納さんは、建築士をなさっているんですか」

「ええ。産後しばらくはお休みしていましたが、少し前からパートタイムで前の職場に復帰して、ひと月ほど前からはフルタイムで働いています。勤め先もここからひと駅のところなので、仕事中のランチにも来させていただけるかも」

「ママ、頑張ってるんだよ。ゴキブリだって、パパにお願いしなくても自分で殺せるようになったし。ねえ？」

「ゴキ、って――」加納さんが顔色を変える。「駄目でしょ、食べ物屋さんでそんなこと言っちゃ」

「ひなたちゃんのママ、すごいんだね」紙野君が言った。

「うん。パパもお仕事してるよ。ふどうさん屋さん」

「訊かれてないでしょ」加納さんが苦笑する。

「ひなたも頑張ってるんだよ。パパね、ひなたのお世話する手伝いあんまりしなくてママに怒られてたけど、寝る前にご本、読んでくれてた。でも、ひなた、いまはもう読んでもらってないの。自分で読んでるんだ」

「えらいんだね、ひなたちゃん」紙野君が言った。

「うん。ねえママ、またご本見に行っていい？」ひなたちゃんは絵本のコーナーを指さした。

「いいよ」加納さんは少しほっとしたような表情でうなずいた。

ひなたちゃんがキッズチェアを降りて古書コーナーへ向かった。

「すみません、お忙しいのに相手してもらっちゃって」加納さんが紙野君に頭を下げた。

「ちょうど手が空いてましたから。それに、本が好きなお子さんとお話しするのは楽しい仕事です」

「ありがとうございます。引っ越し先のご近所にこんな素敵なお店があってラッキーでした。子供だから環境の変化に敏感なのか、引っ越してからちょっと不安定なところもあって。保育園でもまだ仲のよいお友達がいないみたいで、今日は行きたくないって。たまたまわたしも休める日だったので、保育園を休ませて気分転換にランチに出ようと——時々こちらに連れてきてもかまいませんか？」

「大歓迎です。ひなたちゃんとお話しするのは楽しいです。お子さんは想像力も発想力も大人とは比べものにならないほど豊かで、僕のような仕事には刺激やヒントにもなりますし」

「ひなたの場合、想像力が豊かすぎて少し心配なところもあるけど」加納さんは顔を曇らせた。

「心配、ですか」

「ええ。さっきもわたしにこんな手紙を——」キッズスペースに行ったひなたちゃんには聞こえないよう声を落として、加納さんは折り畳んだ小さな紙を開いて紙野君に見せた。

紙野君は少し顔を近づけてそれに見入ると、小さな声で読み上げた。

「……〝ひなたちゃんのママへ　ひなたちゃんはいいこなので、さらいます。　てんぐより〟」

「さらいます」——とは、まさか誘拐のことだろうか。加納さんが心配するのももっともだ。それにしても、どういう意味だろう。

「おかしな手紙ですよね。さっき急に渡されたんですけど、ちょっと意味がわからなくて」

「この字は——？」

「ひなたの字です。まちがいありません。あの子にひらがなを教えたのはわたしですから」加納さんは、絵本コーナーで本を読んでいるひなたちゃんを見た。「この手紙を、天狗さんがママに渡して、って言ったと……」

「天狗からの手紙、ですか……でも、なぜ天狗なんだろう」

「さっきお話ししたわたしの祖父、仏教だけじゃなく、昔話とか迷信のこともよくひなたに話してました。土地に古くから伝わる伝承や、妖怪なんかにも詳しくて。ひなたも興味を持ったのか、お話をせがんだりしていました」

「だとすると、天狗さらいの話もしてらしたのかもしれませんね」

「天狗さらい……？」

「江戸時代、神隠しの原因として、天狗にさらわれたと考えられることがあった。しばらくして、行方不明になった子供が戻り、天狗にさらわれて空を飛んだなどと話したという伝承が各地に伝わっていますす」

「あ……そういえば、わたしが子供の頃にもそんな話を祖父がしてくれました。祖父の家の近くでも昔、村で一番賢いと評判だった男の子が神隠しに遭ったたって。そして数年後戻ってきて、天狗にさらわれて日本中を旅したと語ったっていう記録があると。わたしや夫が読み聞かせた本のなかには、天狗のお話はなかったと思いますし。テレビかなにかで観た可能性もあるけど」

「いずれにせよ、ひなたちゃんにとって天狗は、人をさらう存在だということはたしかみたいですね」

そこで加納さんがはっとしたような顔をする。

「思い出した。あの子……二週間くらい前、夜中に起き出して廊下を歩いていたことがありました。夢遊病、っていうんですか。眠ったままみたいな状態で。わたしは別室で寝ていたんですが、物音で気づいて廊下に出たら、あの子が目を閉じたまま、玄関のほうへふらふら歩いてたんです。びっくりしてつかまえたら、目を覚まして。どうしたの、って訊いたら『てんぐさんの夢を見たの』って――」

加納さんは不安そうに眉をひそめた。

「これまでにそういうことは？」

「ありません」加納さんが首を振った。

紙野君はしばらく無言で加納さんを見つめていたが、やがて口を開いた。

「ひとつお訊ねしていいですか」

「……はい」

「ひなたちゃんに天狗の話をしたかもしれないひいおじいさんは、生前、ひなたちゃんをかわいがっていましたか？」

「え、ええ。穏やかな人でしたが、愛情表現は豊かでした。ひなたのことも、とてもかわいがってくれたと思います。だからひなたもなついていました」

「――なるほど」しばらく考えていた紙野君が、「ちょっと失礼します」と言って古書スペースへ向かった。

てっきりひなたちゃんに声をかけるのかと思いきや、紙野君は本が平積みされた陳列台の前で足を止めた。いまそこでは、「日本のＳＦ」というフェアが展開されている。そのなかから一冊を手に取ると、紙野君は加納さんのほうへ戻ってきた。

え、まさか――すみれは目を疑った。

紙野君はこれまでにも、悩みを抱えるお客様に本をおすすめすることがあった。本を読んだお客様はそのなかにヒントを見出し、問題を解決する糸口をつかむ。紙野君の書店員としてのいわば特殊能力だ。

しかし。

加納さん親子とはほんの数十分前に出会ったばかり。いまの加納さんの話を聞いただけで、ひなたちゃんが加納さんに渡した手紙の謎を解いてしまったというのか。さすがの紙野君でも、それは無理なのでは。

ところが――加納さんの前で立ち止まると、紙野君は持っていた本を差し出し、こう言ったのだ。

「加納さん。この本、買っていただけませんか？」

加納さんはいぶかしげに本と紙野君を見比べたが、同じカウンター席で御厨花音さんはさらに大きく目を見開いて紙野君と加納さんとを見比べていた。

2

「紙野さん、お訊ねしてよろしいですか」加納さん親子が帰ったあと、花音さんが紙野君をつかまえた。

「はい」紙野君が応じる。

「先ほどのあれは、なんだったんですか？」

「あれ――って、ああ、お客様に本を薦めたことかな？」

「そう、それです」花音さんがこくこくうなずいた。「『この本を読んでいただければ、手紙の謎は解けます』――っておっしゃってましたよね。それってつまり」

「そうか、花音さんはご存じないんですね」と言ったのはほまりさんだった。「紙野さん、時々そうやってお客様の悩みを解決してるんですよ」

「それってまるで――名探偵では？」

「いやあ、そんなことはないけど」紙野君がやんわり否定する。

「いや、まさしく名探偵だと思いますよ」とほまりさん。

「紙野さん」花音さんが目を輝かせて言った。「さっきのご本、わたしにも売っていただけませんか？」


紙野君が加納さんにおすすめしたのは、古い文庫本だった。

タイトルは『’71日本ＳＦベスト集成』。編者は筒井康隆（つついやすたか）。すみれも知っている作家だ。シンプルな表紙デザイン。黒字を背景に縦書きの明朝体でタイトル、収録されている作品名と作家名が配置されている。

「文字どおり、一九七一年の日本のＳＦ短編の秀作を集めたアンソロジーです」

閉店後。ほまりさんを交えた三人で店で軽く飲むことになり、その席で紙野君が説明した。

「一九七一年……ほぼ半世紀前か」すみれは計算した。「わたしが生まれるより前ね」

「ＳＦの専門誌である『Ｓ-Ｆマガジン』の創刊が一九五九年、第一回の日本ＳＦ大会が開かれたのがその三年後の一九六二年、翌年には日本ＳＦ作家クラブが設立。戦後の日本ＳＦ界の勃興期は六〇年代で、小松左京、光瀬龍、眉村卓、平井和正といった、日本を代表するＳＦ作家が次々デビューしました。この本の編者である筒井康隆もそのひとりです。彼は優れた作家であっただけでなく、自ら同人誌を起ち上げたり、ジャンルの魅力を内外へ発信するオーガナイザーでありインフルエンサーでもあった。そんな彼がアンソロジストとしての才能を発揮したのがこの『日本ＳＦベスト集成』シリーズです」

「この巻にも、眉村卓、小松左京、光瀬龍、あと、星新一なんかの作品も収録されてますね。みんな、ＳＦに詳しくないわたしでも知ってる作家だ」ほまりさんが言った。

「彼らは、日本ＳＦ作家第一世代とも言われている。もちろん、戦前の日本にもＳＦというジャンルに分類できる——当時は空想科学小説と呼ばれていた——作品は存在したけれど、そういう意味では、六〇年代を日本ＳＦの黎明期と言ってもいいかもしれない。『日本ＳＦベスト集成』は、この七一年版を皮切りに刊行された。巻末の解説で筒井康隆が『一九七一年の日本ＳＦ界は、はなやかな話題に満ちていた』と書いているとおり、いままさに盛り上がりつつあるジャンルの勢いと輝きを一冊に閉じ込めた結晶のような短編集です。黎明期という言葉を使ったけれど、収められた作品はどれも完成度が高く、変化に富んで、すでに日本ＳＦが豊かな成熟を迎えていたことがわかる」

「面白そうですね」

「このシリーズにはずれはないよ。残念ながら、一九七五年で終わってしまったけど。アンソロジーの刊行がはじまった頃、ＳＦはまだ一部の愛好家のためのジャンルという趣があった。この頃まだしっかり存在していた文壇でも、ＳＦ作家は肩身が狭かったらしい。でも、七〇年代の半ばにはアニメなどの影響もあり、筒井康隆の言葉を使えば『ＳＦの浸透と拡散』と呼ばれるような変化が起きた」

「『浸透と拡散』？」すみれが訊ねる。

「それまで日本ではＳＦというのはマイナーなジャンルでした。でも、小松左京の『日本沈没』がベストセラーになったり、ＴＶアニメ『宇宙戦艦ヤマト』がヒットしたり、さらに映画『スター・ウォーズ』の公開などで、ＳＦは日本でも世間から注目を集めるジャンルとなった。浸透したということです。また、ＳＦがメジャーになったことで、ＳＦ作家がほかのジャンルにも活躍の場を広げるようになりました。これが拡散です」

「ＳＦがマイナーだったって、いまでは想像できないもんね」

「ほんとですよね。日本のＳＦというジャンルに劇的な変化が起こりつつあった時期と、このシリーズの刊行期間は重なっています。編者の筒井康隆は小説だけでなく漫画にも目を配ってひとりでこのアンソロジーを編んだ。シリーズが五年で終わったのは、ＳＦが発展して作品数も膨大になり、すべてを押さえるのが難しくなったというのと、ＳＦというジャンルの地位を確固たるものにしようという当初の目的が果たされ、使命を終えたからと考えられます。そういうひとつの時代を証言する貴重なシリーズとも言えると思います」

「収められた漫画の作者は永井豪と藤子不二雄か――」ほまりさんがぱらぱらと本をめくった。「どちらも超大物ですね」

「うん。どちらも戦後の日本を代表する、アニメの原作者としても国内外で人気のある漫画家だね」と紙野君。「このシリーズは何年か前に復刊されたけど、うちに置いてあるのはオリジナルの文庫。藤子不二雄がコンビを解消して藤子・Ｆ・不二雄と藤子不二雄Ⓐと名乗る前なので、この表記になってる」

「紙野君が加納さんに読むよう薦めたのは、その藤子不二雄の作品だったよね」すみれは言った。「タイトルは――『ヒョンヒョロ』」

「ええ。藤子・Ｆ・不二雄の作品です」

すみれとほまりさんが紙野君から同じ本を買ったのは言うまでもない。

その夜、本を持ってベッドに入ったすみれは、藤子不二雄の「ヒョンヒョロ」のページを開いた。

奇妙なタイトルだ。表紙のページには、やはり奇妙なキャラクターが描かれている。ウサギをデフォルメしたような生き物だ。長い耳と大きな脚、突き出した前歯。だがウサギではない。二本の脚で直立しているし、タキシードにも似た服を着ている。左右の黒目はそれぞれ下と上にあって焦点が定まっていないように見える。かわいらしいなかにも、どこか不穏な印象を受ける。

藤子・F・不二雄と言えば、まずなにより『ドラえもん』が頭に浮かぶ。未来から来た猫型ロボットだ。『オバケのQ太郎』では文字どおりお化けが登場する。これも同じような、異世界のキャラクターなのだろうか。名前はヒョンヒョロ？

読みはじめると、そうではないことがわかった。

「ヒョンヒョロ」はこんな話だ。

最初のコマで、空き地の土管に乗った幼稚園児くらいの男の子が空に向かって手を振りながら「さようなら―　またこんどね―」と声をかけている。手紙を持っている男の子は、家に帰ると母親に渡そうとする。「円盤にのったうさぎちゃんがね　この手紙を……」と。だが彼女は息子（マーちゃん）が嘘をついていると思って信じない。

「こないだはミドリ色の狼だったでしょ　その前は空とぶ大男でしょ　お星さまひろったなんていってみたり」。するとマーちゃんは、星ならまだ持っている、見せようかと抗弁する。「空からおっこちてきたの　キラキラ光って」。

そこへ父親がやってきて「こんな小さな子に現実と空想の区別なんてつかないよ」と母親をなだめる。マーちゃんから受け取った手紙を見た彼は表に「きょうはく状」とあるのを見てびっくりする。少し子供っぽい手書きのその手紙には、

ヒョンヒョロを
くださらないと
ください
誘拐するてす
マーちゃんどの

と書かれていた。

すみれは興奮する。この設定、現実の加納ひなたちゃんのエピソードとそっくりではないか！

父親はなにかのいたずらだと考えるが、念のため警察に連絡する。やってきた刑事

は手紙を一読すると投げ捨てる。じつにくだらないいたずらだ、と。

表紙に描かれたキャラクター（うさぎちゃん）が登場するのはそのあとだ。壁をすり抜けてマーちゃんの部屋に出現し、手紙を読んだか訊ねるが、マーちゃんが、自分は字が読めないのでなにが書いてあるか教えてと頼むと、うさぎちゃんは顔を赤らめ、「自分ノ手紙ヲヨムナンテ！　ソ、ソンナハズカシイコトガ！」と両手で顔を覆う。宇宙人なので地球人とは羞恥心のありようがちがうらしい。

マーちゃんの両親は息子と一緒にいるうさぎちゃんを見て、自分たちが幻覚を見ているのだとパニックになる。うさぎちゃんは両親に話しかけたりして自分の存在を認めさせようとするが、両親は必死にうさぎちゃんを無視して存在を否定する。

いっぽううさぎちゃんは、自分が脅迫状に場所と時間の指定をするのを忘れたことに気づき、「続きょうはく状」を書いて「読ンデモライナサイ」とマーちゃんに手渡す。

その夜、両親はお互いうさぎちゃんが見えていたことを同時に知り、うさぎちゃんの存在を認める。ふたたび警察に連絡すると同じ刑事がやってくる。二通目の脅迫状には日時・場所が指定されている。だがヒョンヒョロとはなんだ？　刑事はやはりいたずらだと相手にしない。

うさぎちゃんは誘拐の見本を見せると告げ、刑事の目の前で、乗っていた警官ごとパトカーを消してしまう。隣の世界へ送った、ヒョンヒョロを手に入れたら帰す、とうさぎちゃん。藤子漫画らしく超常能力の持ち主なのだ。この力を見たマーちゃんの父親は、うさぎちゃんと交渉することを決意し、できるだけ要求に応えると約束する。

父親「そのかわり……これいじょう子供をまきこむのはやめてくれ」
うさぎちゃん「エッ　ソレハチョットオカシイノデハ……」
父親「いやだというならこっちもノーだ!!」

するとうさぎちゃんは「変則ダガ　ヤクソクスルデス」と答え、交渉が成立した。が、ヒョンヒョロの正体はわからずじまい。仕方なく父親はアタッシェケースいっぱいの札束や宝石類を用意して渡すが、なかを見たうさぎちゃんは愕然とし、こんな紙きれでごまかす気かと激怒する。

その場にいた刑事がヒョンヒョロとはなにか訊ねると、うさぎちゃんはショックを受ける──「ヒョンヒョロヲ知ラナイ!?　宇宙最高最大ノ価値アル、アノヒョンヒョロヲ!?　非常識ナ！　アマリニモ非常識ナ!!　イーヤ　信ジラレナイ!!」。そして、ものすごく凶悪な顔に豹変してこう宣言する──「誘拐ヲ実行スル」。

ここまでの展開がコミカルなだけに、一転するクライマックスの迫力はすごい。すみれは思わず息を詰めてページをめくった。

すると――見開きの二ページいっぱいに街が描かれていた。朝を思わせる陽光に包まれた住宅地の俯瞰。しかし――人や車の姿はどこにも見当たらず、その代わりに「シーン」という擬音が街を覆っている。

いや、人はいるようだ。

左のページの下のほうの一軒の家から「ママー」というフキダシがぽつんと浮かんでいる。めくると、そこが最終頁だった。

パジャマ姿のマーちゃんがベッドから起き出すと、箱からおもちゃを出して遊びはじめる。と、なにかが床に落ちる。ビー玉くらいの大きさの、光を放つ丸い球だ。マーちゃんの顔が輝いた。部屋を飛び出し、家にだれもいなかったので玄関の外へ出ると大きな声を出す。

「ママー　ぼくうそつかないよ　どこへいったの　こないだひろったお星さまだよ　ヒョンヒョロ―って空からおちてきたんだよ」

3

「衝撃の結末でしたね」ほまりさんがため息をつくように言った。

「ほんと、びっくりした」すみれも同意する。「まさかああ来るとは。全然予測できなかった」

「サプライズエンディングのお手本みたいな短編ですよね」と紙野君。

三日後の夜。閉店後のすみれ屋で、また三人でワインを飲んでいた。

「半世紀近く前の作品だけど、話の仕掛けの切れ味は古びてないですよね」ほまりさんがうなずく。「これって営利誘拐は子供がさらわれて、親が犯人に脅迫される——その先入観を逆手に取ったどんでん返し、ってことですよね。うさぎちゃんが脅迫状を書いた相手はマーちゃんだったけど、周りの大人のだれひとり、そう信じることはなかった。もちろん読者も。本筋では、『ヒョンヒョロ』というのがはたしてなんなのかというのが大きな謎になっているけれど、一番大きなどんでん返しは、誘拐の被害者と脅迫されている相手が逆だったということ？　脅迫されていたのがマーちゃんで、誘拐されるのがそれ以外の——たぶん、地球人全員？　少なくとも、マーちゃんが住む街の住人全部。犯人のうさぎちゃんは騙そうとしてるわけじゃないから、登場人物たちが勝手に誤解してすれちがっている。でも、作者に関しては、読者を完全に意図的に騙してる。だとしたらこれって——ミステリー小説の叙述トリックと同じじゃありません？」

「そうだね。マーちゃんがまだ字を読めないとか、なんでもありの宇宙人であるうさぎちゃんが、自分で自分の手紙を読むのは恥ずかしくてできないっていう設定はコミカルな要素として物語に組み込まれてるけど、じつはそのトリックを成立させるための必要条件だったという仕掛けは、ミステリーの約束事であるフェアプレー精神へのこだわりを感じさせる」

「ヒョンヒョロの正体も、びっくりよねえ」すみれは言った。

「ですよね」とほまりさん。「最初のほうにきっちり伏線が張ってあって、最後まで読んで、おおおっ、そうだったのかっ、ってなりました」

紙野君がうなずく。

「そこも結末を知ってから読み返すと、大人たちがうさぎちゃんにヒョンヒョロがなんなのかちゃんと訊ねないよう、作者が笑いをうまく使って展開をコントロールしている工夫がわかるよね」

「わたし最初、ヒョンヒョロって表紙のキャラクター、うさぎちゃんのことだと思ってた」すみれは言った。

「わたしもです」ほまりさんが力強く同意する。「だって、『ドラえもん』の作者ですよ。でも、いま考えてみると、ある意味それも作者の狙いだったのかも」

「どういうこと？」

「うさぎちゃんもドラえもんみたいな、子供の味方のマスコット的キャラだと思って読んでると、ラストで思いっきり裏切られますよね？　作者はそういう読者の先入観も利用して、作中でもうさぎちゃんは終始マーちゃんに対して友好的に振る舞うように描くことで、ラストの衝撃を大きくしてるんじゃないかって」

「言われてみると、そのとおりかも」

「もしそうだとすると、自分の作風までミスリードや伏線にしちゃうって、すごいよなあ。『ドラえもん』の藤子・F・不二雄、こんなキレッキレのSFミステリーも描けちゃう人だったんですねえ」

「藤子・F・不二雄は独立した短編も抜群に面白いよ」紙野君が言った。「すぐれたSF作家としての彼の側面を堪能できる。『ヒョンヒョロ』以外にも傑作が目白押し。もしこういうのが好きなら、短編集も出てるから読んでみたら？」

「絶対読みます」

すみれも読んでみたくなった。

藤子・F・不二雄の作品への興味は尽きないが、しかしいまはもっと知りたいことがある。

「さて――」ワインをひと口飲んで、切り出した。

「そうだ」ほまりさんが姿勢を正す。「紙野さんが加納さんに、『ヒョンヒョロ』をおすすめした理由、ですよね」

「うん」

「難しいですね、今回も。ひなたちゃんの謎はなんだか漠然としているいっぽう、『ヒョンヒョロ』も三十ページに満たない漫画なのに、含まれる要素がいっぱいあって」

「誘拐と脅迫状、っていうところは共通してて、すぐにわかりそうな気がしたんだけど……結局わたしはわからずじまい。ほまりさんは？」

「一応考えました。それほど自信があるわけじゃないですが、紙野さんの答えを聞く前にお話ししておきますね」

「ぜひぜひ」

「では——ドラえもんにしてもオバQにしても、藤子・F・不二雄の異世界的なキャラクターが子供に愛されるのは、彼が子供の気持ちをよくわかってるから。彼が描くそういうキャラクターって、子供の頃に一度は持ったことがあるイマジナリー・フレンドを具象化したものっていう感じがしません？」

「イマジナリー・フレンド——空想の友人、か。うん、たしかに」

「『ヒョンヒョロ』でもうさぎちゃんは最初、ひょっとしたらマーちゃんだけに見えるイマジナリー・フレンドなのかもしれない、っていう印象も受ける。でも、うさぎちゃんの存在はマーちゃんの両親や刑事たちにも見ることができた。イマジナリー・フレンドではなかったんです。つまり――『ヒョンヒョロ』は、イマジナリー・フレンドが実在したたという話だったという分析も成り立つんじゃないかと」

「もしそうだとして、ひなたちゃんに当てはめると……」

「天狗も実在する」

「なるほど」

「問題はそれがだれかということなんですが――『ヒョンヒョロ』にしたがって考えると、ひなたちゃんの脅迫状も本物、っていうことになりますよね」

「加納さんは、まちがいなく彼女の字だって」

「ええ。書いたのはひなたちゃん。でも何者かに無理やり、あるいは騙されて書かされた可能性は？　たとえば彼女の周囲に、本当に彼女を誘拐しようとしている何者かが存在して」

「そんなおそろしいことが――でも、だとしたらなぜそんなことを？」

「最初はそう考えたんですが、本当に誘拐する気なら、わざわざそんなことをするメリットはありませんよね。もしかして、ひなたちゃんのご両親に恨みがあって、ひなたちゃんを通じてふたりを脅かしたり、脅迫してなにかさせるつもりだとか。でも自分で書いてしまうと脅迫の証拠が残ってしまう。そこでひなたちゃんを騙すか脅すかして彼女に手紙を書かせた」

「それも怖いね。でもそうなら犯人はなぜ『てんぐより』って書かせたのかな」

「ひなたちゃんは夢遊病みたいに歩いていたとき、天狗の夢を見たってお母さんの加納さんに語ってましたよね。亡くなったひいおじいさんに天狗の話を聞いていたとしたら、彼女にとって天狗が人さらいの象徴になっていても不思議はない。犯人はそれを知る人物――つまりごく親しい人とか」

「どんどん怖い話になってくるね。でも『ヒョンヒョロ』も怖い話だったもんなあ」

紙野君はすみれとほまりさんとの会話に参加せず、黙々と皮付きフライドポテトをスパイシーなクリームチーズのディップにつけて食べ、ワインを飲んでいた。こうして見ると――失礼ながら――ものすごい美男子とか、セクシーな魅力の持ち主とかではなく、ごく普通の男性に見える。

「ええ。天狗は実在し、脅迫状は本物だった。これで『ヒョンヒョロ』とふたつの要素が一致します。――どうでしょう、紙野さん？」

紙野君はフライドポテトをワインで流し込み、紙ナプキンで口を拭った。

「面白いね、『ヒョンヒョロ』をイマジナリー・フレンドという視点から解析するほまりさんの推理。ただ……俺の考えは少しちがうかな」

「……そうですかあ。でももしわたしの推理が的中していたら、警察に相談すべき問題ですもんね。今回ははずれてほっとしたかもです」

「ほまりさん」ふと思いついてすみれは口を開く。「イマジナリー・フレンドには、もうひとつの可能性もない？」

「なんですか」

「ひなたちゃんが言っていた、ひいおじいちゃんの生まれ変わり」

「つまり……ひいおじいちゃんの生まれ変わりも実在する？」

「……ちょっと無理か。やっぱり難しいなあ」

すみれとほまりさんは、助けを求めるように紙野君に目を向けた。

「では俺の考えを――」紙野君が言う。「ほまりさんは漠然としているって言ったけど、今回中心となる謎は、ひなたちゃんはなぜあんな手紙を書いて母親である加納さんに渡したのか、ということだと思う。そして、その答えのヒントはおそらく――ひなたちゃんも加納さんも語っていなかった、ひとつの重大な事実にあるんじゃないかって俺は考えた」

「ひなたちゃんも加納さんも語っていなかったひとつの重大な事実……？」ほまりさんが、見当もつかないという様子で天井を見上げた。

すみれも、そんなことは思いもよらなかった。

「駄目だ。ヒントをもらってもわたしはお手上げ」

「……わたしもです」

ふたりはまたそろって紙野君を見た。

紙野君が口を開こうとしたとき、すみれは「ちょっと待って」と思わず口にしていた。

「紙野君のそのヒント、今回の謎の最大のポイントだよね。わたしもほまりさんも、まずそこにたどり着けなかったから謎が解けなかったのかも。そのヒントの時点からもう一度考えてみたいなって。ほまりさん、勝手なこと言ってごめん。答え合わせまで、あと三日だけもらっていい？」

ほまりさんは笑った。「もちろんいいですよ」

「紙野君、お願いします」

4

「SF——とくに日本SFは不案内な分野でしたが、大変面白く読むことができました」

三日後。御厨花音さんがカウンターごしに紙野君に話していた。

花音さんはエッグベネディクトのランチセットを食べ終えたあと、バナナスプリットを追加注文していた。半分に切ったバナナにアイスクリームとホイップクリームを載せ、チョコレートファッジとキャラメルソースをかけてナッツとチェリーをトッピングしたデザートだ。

そのかたわらには『’71日本SFベスト集成』。

「それはよかった」

「生意気な感想かもしれませんが、もう半世紀も前に、あれほど成熟した深みのある多彩な作品が作られていたとは想像していなかったので、感動もしました」

「率直で素敵な感想だと思うよ。そういうことを知ってもらいたい気持ちもあってフェアにあの本を加えたから、俺自身うれしいな」

紙野君の言葉を聞いて花音さんはにっこりした。

ふたりのやり取りを聞きながら、すみれはこの前から考え続けている謎のことを思い出す。紙野君にはああ言ったものの、結局すみれは紙野君のヒントにすらたどり着けていない。悔しいが今夜教えてもらおう。

その謎をもたらした加納さんが来店したのは、ランチタイムの終わり近くになってからだった。ひなたちゃんは一緒ではなく、加納さんはこの前とちがってスーツ姿だ。

そういえば職場はひと駅しか離れていないと言っていた。仕事の合間で、ひなたちゃんは保育園に行っているのだろう。

カウンター席に座った加納さんはフィリーズチーズステーキサンドイッチのランチセットを注文した。気のせいか表情が硬く見える。

「――紙野さん、先日はどうも」紙野君の手が空いたタイミングで、彼女はそう切り出した。「あのあとすぐ、おすすめされた漫画、読みました」

「いかがでした？」

「考えました。紙野さんがなぜ読むよう薦めてくださったのか。でもわからなかったんです。それで――今日はそれをうかがいに。教えてください。紙野さんはなぜ、あの本を――あの漫画をわたしに薦めてくださったんですか？」

うなずく紙野君を射るように見つめる視線にすみれは気づいた。花音さんだ。すみれも作業を続けながら耳を思いきりそば立てた。今夜を待つことなく答えを知ることができるのだ。

紙野君が口を開く。

「あの日、加納さんがひなたちゃんのことを心配した一番のポイントは、彼女が加納さんに渡した、自分で書いたとしか思えないあの手紙だった。そうですよね？」

「ええ」

「しかも手紙の内容は、ひなたちゃんの誘拐を予告する脅迫状のようだった。加納さんが不安になるのも当然でしょう。なぜ彼女は自分であんな手紙を書いて、母親である加納さんに渡したのか。その疑問こそ、加納さんの不安の本質ではないかと僕は考えました」

加納さんがうなずく。

「僕が気になったのは脅迫状の内容です。こうありましたよね――『ひなたちゃんはいいこなので、さらいます』。キーワードは『いいこ』です。そういえば僕にこんなことも言ってました。『ひなたも頑張ってるんだよ』って。具体的には、寝る前にパパにしてもらっていた本の読み聞かせも、いまはしてもらわず、自分で読んでいる、と」

そういえば……そんな話もしていたっけ。

「ひなたちゃんは本好きです。本屋である僕にそれを伝えたかったというのもあるでしょう。でもむしろあの言葉は、頑張っていることをアピールすることに重点が置かれていた。あの手紙を見てそう思ったんです」

「え、どういうことですか？」すみれの疑問を代弁するように加納さんが言った。

「ひなたちゃんは、自分が頑張っている『いいこ』であることをアピールしていた。そう、手紙のキーワードです」

「――でもなぜ？」

「ポイントはそこです。その前に――あの日のひなたちゃんの言動や加納さんの言葉から、僕はひとつの可能性に思い至りました」

「それは……？」

「加納さんとひなたちゃんが、引っ越しを機に、ひなたちゃんのお父さん、加納さんのご主人と別居した、ということです」

なんと――すみれはおどろく。つまりそれが紙野君の言っていた「ひなたちゃんも加納さんも語っていなかったひとつの重大な事実」というわけか。ふと目を向けると、花音さんも大きく目を見開いて紙野君と加納さんを見ている。

「――そのとおりです」加納さんが認めた。

「やはりそうでしたか」

「でも、どうして――わたしたち、そんな話はひと言も」

「ええ。ですからこれは推測でした。僕がまず疑問に思ったのは、ひなたちゃんがお父さんは不動産屋さんだと言ったときです。加納さんは、いまの貸家はご自身の仕事で知り合った方の敷地内にある離れだとおっしゃっていた。でも夫が不動産のプロなら、物件はご主人が見つけるのが自然ではないでしょうか」

なるほど――たしかにそうだ。まったく気づかなかった。

「ひなたちゃんによれば、加納さんが引っ越したのはひと月前。また、加納さんはひと月ほど前からフルタイムで働きはじめたとおっしゃっています。そこで、引っ越しとフルタイムで働きはじめたタイミングは一緒だったのではないかと考えました」

思い返す——ふたりはたしかにそう言っていた。

「でもなぜ別居しているとわかったんですか？」加納さんがまたしてもすみれと同じ疑問をぶつける。

「そう考えたヒントはふたつ。どちらもひなたちゃんの発言です。ひとつは、引っ越してきてから加納さんが、それまでご主人に任せていたゴキブリ退治を自分でするようになったということ。もうひとつは、先ほどの『いいこ』アピールのエピソードにもあった、ひなたちゃんが寝る前にお父さんに本の読み聞かせをしてもらうのをやめ、自分で読むようになったという話です。どちらも、おふたりの生活から夫と父親が不在になったことを示しているのではないか。僕はそう考えました。そうしたことを考え合わせた結果、加納さんはご自身がフルタイムで仕事に復帰するタイミングで、ひなたちゃんを連れ、それまでご主人と暮らしていた家を出ていまの家に引っ越したのではないかという推測に至ったんです」

「すごい——紙野さんのご推測どおりです」

「加納さんがこの前、あえてご主人との別居について触れなかったのは、誤解をおそれたからだったのでは？」

「ええ。夫婦間の別居というと、世間では夫婦関係が破綻した結果の、離婚を前提としたものだと思われがちです。でもわたしと夫の別居はそうではない、自分では前向きなものだと考えています」

「キャリアの問題、ですか？」

紙野君の問いに加納さんはうなずいた。

「そうです。わたしは夫と結婚し、ひなたを妊娠・出産することで建築士としてのキャリアを一度中断せざるを得ませんでした。ひなたは望んで授かった子供ですが、わたしはそれでプロフェッショナルとしてのキャリアをあきらめるつもりはなかった。夫にもそう話していて、納得してもらっていました。わたしが仕事を再開したことも喜んでくれ、ひなたの保育園への送り迎えなども積極的にやってくれるようになりました。ゆくゆくは建築士として独立したわたしと、新たに建築と不動産売買の会社を興そうとも考えてくれています。ただひとつ問題がありました。わたしが復帰した職場が、結婚してから住んでいた夫の実家から遠すぎたことです。パートのうちはまだよかったのですが、フルタイムとなると体力的にも厳しいし、ひなたの世話もなにもできなくなってしまう」

「それで別居を？」

「はい。夫の家は夫の両親・祖父母との同居です。そこで、単身赴任ではないですがわたしがひなたとふたりで家を出て職場近くで暮らそうと考え、夫に相談しました。さすがに夫は渋りました。わたしやひなたに会えないのは寂しいと。でも最後には納得してくれました――ひなたがそれでいいというなら賛成すると」

「ひなたちゃんは納得してくれたんですね」

「――はい。パパたちに会えなくなるのは寂しいけど、ママがおうちを出るならママと一緒にいたいって。ママの夢を応援する、とも言ってくれたんです。問題は、同居していた夫の両親と祖父母でした。理解してくれるどころか、みな大反対しました。非常識、考えられない、世間体がわるいと非難ごうごうです。そもそも彼らは夫とちがい、わたしが仕事に復帰すること自体、歓迎していませんでした。ただでさえ不満を抱えていたところに、目の中に入れても痛くない孫でありひ孫であるひなたまで連れて出ていくことに我慢がならなかったんでしょう。夫はわたしの側に立って擁護してくれましたが、彼らはまだ納得していないと思います」

ここで加納さんは苦笑した。

「わたしは彼らを振り切って、単身ならぬ子連れ自主赴任に踏み切りました。ただ、肝心の引っ越し先は自分で見つけなければなりませんでした。夫の不動産会社は彼の祖父が興したもので、現在の社長は彼の父親。会社を通じて物件を紹介してもらうことはできません。それでも夫は個人的人脈からこの辺りの物件に強い業者さんを紹介してくれましたが、そちらで見つける前にいまの大家さんのところに空きがあることがわかったので、今のところに決めたんです。入園先を探すのが難しい保育園も、無認可ですが近くに見つけることができましたし、いざというときはわたしの実家も頼れる場所です」

そういうことだったのか——すみれは納得する。

「紙野さんは、そこまでお見通しだったんですか?」加納さんが訊ねる。

「ご主人のご両親やご祖父母のことまでは、さすがに。ただ加納さんとご主人との関係が良好だろうということは、ひなたちゃんの様子から想像できました。ひなたちゃんは賢い子です。もし加納さんがご主人に対して険悪な感情を持っていたら、あんな風に人前でわざわざお父さんの話を何度もしたりしないでしょう」

「たしかに……。さすがですね。では、あの手紙は——?」

「ひなたちゃんは、ママの夢を応援したいと素直に思ったのでしょう。お父さんよりもずっと長い時間を過ごしてきたお母さんと一緒にいたいと考えるのも、いたって自然だ。でも、お父さんのことが嫌いになったわけじゃない。ひなたちゃんは加納さんにも言ったとおり、お父さんやほかのご家族と離れるのが寂しかった。加納さんがそれまで暮らしていた家を出た大きな理由のひとつは、フルタイムで仕事に復帰すると、ひなたちゃんの世話ができなくなってしまうこと。ひなたちゃんはそれを理解している。だから、加納さんとふたりで暮らすようになってから、少しでも加納さんに負担をかけまいと、これまで以上に努力しようとしている。いっぽうで心のどこかには、もし自分がいい子で自立していれば、お父さんとお母さんが離ればなれになることはなかったのではないかとも考えていたのではないでしょうか」

加納さんは天井を見上げて大きく息を吸った。「――そう、かもしれません」

「ひなたちゃんは葛藤していたんだと思います。お母さんの夢も応援したい、お母さんのそばにいて一緒に過ごしたい、でも、お父さんと過ごす時間が減ってしまって寂しい。しっかりしたいい子でいようとする意識が、お父さんに会えなくて寂しいという素朴な感情を外に出すことに蓋をして無意識下へと押し込めた。その結果が――あの手紙なのではないか。僕はそう考えました」

「なんで誘拐なんて……？」

「ポイントは天狗です。ひいおじいさんはひなたちゃんをかわいがっていた。天狗の話をしたさい、天狗さらいについても話した。これは推測になりますが、そのときこんな風に言ったんじゃないでしょうか――『ひなたちゃんもいい子だから、天狗にさらわれないか心配だよ』と。加納さんの記憶では、天狗さらいのエピソードでさらわれた子供は、村で一番賢い男の子でした。加納さんのお祖父さん、ひなたちゃんのひいおじいさんには、天狗がさらう子供は賢い子＝いい子だという認識があったのではないでしょうか。そのイメージはひなたちゃんにも受け継がれた。そう仮定すると、加納さんが、天狗からのものだと信じてくれるという前提で、あの手紙にはふたつの機能があったと考えられる。ひとつは、自分がちゃんといい子にしているとアピールすること。もうひとつは――お父さんとお母さんの両方に、自分の心配をしてもらうこと」

――どういうことだろう？　すみれはまたわからなくなる。

「そうか、あの子――」だが加納さんは、思い至ったかのように口を開いた。

「そう」紙野君がうなずく。「自分にさらわれる心配があれば、お母さんはきっとお父さんにも相談してくれるはず――ひなたちゃんはそう考えた。そしてまた一緒に暮らしてくれるにちがいない、とも。あの手紙は、彼女の意識と無意識が共同して創り上げた、SOSのメッセージだった――それが僕の考えです」

なるほど。すみれにも少しずつ呑み込めてきた。

だがまだ謎は残っている。紙野君が『ヒョンヒョロ』を薦めた理由だ。

「……紙野さんのおかげで、ひなたがなぜあんな手紙を書いたのか、わかった気がします」しばらくすると、加納さんが気を取り直した様子で言った。「母親はわたしなのにお恥ずかしいです」

「当事者だからこそ見えないことって多いと思います」

「ありがとう」微笑んだ。「じゃあ、恥をさらすついでに、もうひとつお訊ねしても？」

「どうぞ」

「あの『ヒョンヒョロ』という漫画が、ひなたの手紙の謎を解く鍵だったわけですよね？　どうヒントになっていたんですか」

加納さんも当然気になっていたのだろう。

「ポイントは三つあります。ひとつは、誘拐の予告をする脅迫状。『ヒョンヒョロ』では両親や刑事をはじめとする大人たちはみな、うさぎちゃんが書いた脅迫状の宛先は、マーちゃんではなく彼の両親だと思い込んでいた。でもそれは勘ちがいだった。作者ははっきり語っていませんからべつの解釈もありうるでしょうが、僕はラストまで読んで、そのようにこの話を理解しました」

「ええ」

「ひなたちゃんが書いたあの手紙には、宛先が明記されていました。『ひなたちゃんのママ』と。ただ、実際にはママ、つまり加納さんだけではなく、同時にひなたちゃんのお父さんにも向けたものだった。漫画の脅迫状もひなたちゃんの脅迫状も、宛先をどう解釈するかという問題があった。二つ目は、否認です」

「否認……？」

「ええ。『ヒョンヒョロ』の前半で、異形かつ非日常の存在であるうさぎちゃんの姿を見たマーちゃんの両親は、その実在を認めることができず、自分たちの精神がおかしくなったのだと思い込み、必死でうさぎちゃんを無視する。つまり否認です。自分にとって理解できないこと、自分の常識や自意識を脅かす疑いのあるものの存在を認めず否認することは、人間一般に備わった心理的な防衛反応です。ひなたちゃんも、お母さんを応援したい気持ちの一方で、お父さんと暮らせないことの寂しさを抱えて自分の素朴な欲求を否認した結果、心のなかの葛藤が大きくなってあのような手紙を書くことになってしまったのではないか。そう思ったんです」

「――ひなただけじゃありません。母親のわたしもひなたの葛藤に気づいていながら、見て見ぬふりをしていたのかも。ひょっとして紙野さんは、そこまで気づいていらしたのでは？」

紙野君は加納さんの言葉を肯定も否定もしなかった。

「わたし、夫の家を出るという自分の決断が正しいものだと信じていました。夫の家族の反対もあったし、そう思い込まないと踏み出せなかった。でも結果としては、ひなたに寂しい思いをさせてしまった。週末にはなるべくあの子と夫の家に帰るようにしていましたが、結果的にはひなたに甘えていたのかな。あの手紙の意味を理解できなかったのも、まさに私自身の否認の結果だったという気がします」

加納さんは表情を曇らせた。

「もしかして、夢遊病者みたいに夜中に歩いていたのもそのストレスが原因……？」

「引っ越し前はなかったんですか？　小さな子が寝ぼけて歩いたりするのは、そう珍しいことでもないのかと思ったんですが」

「……そういえば。似たようなことはあったかもしれません」加納さんはほっとしたようだ。「でも、池の鯉がひいおじいちゃんの生まれ変わりなんて奇妙なことは、言ったことがありませんでした。それはきっとわたしのせいですね」

「いや、それはちがうと思います」

「どういうことですか……？」

「それが『ヒョンヒョロ』をおすすめした三つ目のポイントです。漫画では、ヒョンヒョロという呼び名の由来が『ヒョンヒョロー』という擬音だったことも示唆されている。マーちゃんは冒頭から、両親に現実と空想の区別がつかない夢想家のように思われています。でもそんな彼だったからこそ、おそらく大人たちは気づくことのなかったヒョンヒョローという音を聞くことができたのかもしれない。ひなたちゃんの身にも、同じことが起きたのではないかと思います」

「つまり……ひなたには、わたしの祖父の声が聞こえた？」

「『ひいおじいちゃんの生まれ変わり』の声、だったんじゃないかと。ひなたちゃんが、ひいおじいちゃんの生まれ変わりがいる、と言ったのは、大家さんの庭にある池の前ですよね？　その池では錦鯉が飼育されている。錦鯉には天敵がいます。猛禽類と猫です。猛禽は池を網で覆えば防ぐことができますが、猫はそれだけでは防げないこともある。盆栽も趣味にしている大家さんはおそらく、猫よけの対策もしているはずです。そのひとつに、赤外線センサーで動きを探知すると、高周波数の音を発して動物を寄せつけないようにする、動物撃退器と呼ばれるようなグッズがあったというのが僕の推測です」

「――そういえばそんな話をしておられたかも。でもそれがなぜ、わたしの祖父の生まれ変わりに？」

「人間には聴き取れないような高い周波数の音も、猫や犬などの動物には聴き取ることができる。高周波音による動物撃退器はその現象を利用したグッズです。動物を慣れさせせないために、周波数帯を変えることができるものもある。その高周波音が、大人には聞こえずひなたちゃんだけが聞くことのできた、『ひいおじいちゃんの生まれ変わり』の声の正体ではないかと」

「あ、前にテレビで観たことがあります。子供には聞こえるけれど、大人には聴き取れない超音波みたいな音がある、って」

「モスキート音では？」

「それだったかも……！」

「人間が聞き取ることができる周波数の範囲——可聴域は、下は二十ヘルツから上が二万ヘルツまでと言われています。ただし、すべての年齢の人間がそれに当てはまるわけではない。年を取るにつれ、高い周波数帯の音を聴き取ることができなくなってくる」

「よく『耳年齢』なんていいますね」

すみれには初耳だったが、興味深い話だ。

「ええ」紙野君が言う。「内耳のなかにある有毛細胞が、加齢につれ衰えて元に戻らなくなることで、だれの身にも起こる現象だそうです。子供の頃には二万ヘルツまで聴き取ることができても、二十代になると一万九千ヘルツまで、五十代になると一万二千ヘルツまでしか聴き取れなくなるというように、年齢によって高い周波数帯の音がしだいに聴き取りづらくなってくる。この性質を利用してイギリスで開発されたセキュリティ機器が、日本語で『蚊』を意味する『ザ・モスキート』。一万六千ヘルツから一万八千五百ヘルツの、キーンというような不快な音を放出する音響機械です。三十代以上の大人には聞こえないが、ティーンエイジャーをはじめとする若者がたむろする場所にこの機械を設置すると、不快さに耐えきれなくなった彼らをその場から立ち去らせることができる。そうした若者に悩まされていた商店や施設が設置して実際に効果があったそうです」

「わたしが前にテレビで観たのも、その話だったと思います」

「この原理を使ってネズミなどの害獣を寄せつけないようにする機械は日本の商業施設でも使用されているようです。個人向けの動物撃退器も同じ仕組みですね。周波数帯によっては、動物だけでなく子供にも聴き取れる可能性がある。ひなたちゃんもおそらくその音を聞き――それをひいおじいちゃんの生まれ変わりだと思った」

「音……だったんですね。わたしは、てっきり錦鯉だとばかり」

すみれもそう思い込んでいた。

「ひなたちゃんがひいおじいさんに、生まれ変わったらなにになりたいか訊ねたとき、彼は、きれいな声で鳴くツユムシか、きれいな錦鯉がいい、と答えたそうですし、ひなたちゃんは『人の顔みたいな模様の』錦鯉もいるって言ってましたしね。僕はツユムシという言葉を聞いて、秋に鳴く虫でもとくに鳴き声の周波数が高いやつだったよな、と思ったんです。調べてみたら、鈴虫が約四千五百ヘルツ、コオロギが約五千ヘルツ、キリギリスが約九千五百ヘルツに対して、ツユムシは一万八千ヘルツ以上。平均的には、二十代では一万九千ヘルツまで、三十代になると一万七千ヘルツまでしか聴き取れないそうですから、ツユムシの声を聴き取ることができるのは若い間だけです。ひいおじいさんも、若い頃をなつかしんでツユムシを挙げたのかもしれないなと。ひなたちゃんは、たぶんひいおじいちゃんの家でツユムシを見て鳴き声を知っていた。それで動物撃退器の高周波音を、ひいおじいさんが生まれ変わったツユムシの声だと思ったのではないでしょうか」

「すごい。完全に納得です。あとであの子に確かめてみなくちゃ。駄目ですね、わたし——変なところであの子を子供扱いして、肝心なところで甘えてしまって。あの子に謝らないと。母親失格だわ」

「ママが一生懸命、仕事も家のことも頑張っている姿を見ていたから、ひなたちゃんも自分も頑張らなくちゃと思ったんでしょう。だからこその葛藤だった。人の心は複雑です。時には自分でもそれと気づかぬうち、自分の心を折り畳んでしまうようなこともある。でもひなたちゃんには、心を伸ばすしなやかな力もきっとあります。あんなに生き生きとした感性を持っているのは、ご両親にたっぷり愛情を受けて育ったからにちがいありません」

するとと加納さんが「紙野さん……」と声を詰まらせた。目が潤んでいる。

「……ありがとうございます。おかげさまであの子の悩みに気づいてあげられた気がします。ひなたとも夫とも話し合って、あの子のためになにがしてあげられるか考えます」

紙野君が微笑んだ。

ふと花音さんに目を向けると、加納さんを見て同じように目をうるうるさせていたばかりか、鼻まですすっていた。ティッシュを取り出して洟をかんだが、そんな姿まで品がよかった。

加納さんが会計を済ませて店を出て行ったあと、花音さんは紙野君に声をかけた。

「びっくりしました——ほまりさんのおっしゃったとおり、紙野さんって名探偵でもあったんですね！　先ほどの見事な推理、感動しました。『ヒョンヒョロ』を薦めたのにもあんな深い意味があったなんて驚愕です」

「そうかな」紙野君は照れたように笑った。

「そうです」花音さんは力強くうなずいた。「紙野さん、わたし、子供の頃から憧れていた仕事がふたつあります。ひとつは本屋さん。もうひとつは名探偵。紙野さんは、まさにわたしにとって憧れの存在です」

花音さんが思いのこもった言葉を続ける。

「お願いです——どうかわたしを紙野さんの弟子にしてください！」

5

よくみれば体育座りは複雑に折り畳まれたこころのようだ

柳本々々（やぎもともともと）

『食器と食パンとペン』を目をつぶって開いたら、そのページが現れた。

紙野君が加納さんに『時には自分でもそれと気づかぬうち、自分の心を折り畳んでしまうようなこともある』と言ったとき、すみれが思い出したのもこの短歌だった。

左ページには著者の安福望によるイラスト。短歌のモチーフどおり、体操着姿で体育座りをする三つ編みの少女が描かれている。が、それだけではない。完全にオリジナルな要素として、三角形の巨大なオブジェのようなものが四つ、彼女を囲むように描かれている。とっさに跳び箱などの体操器具を連想するが、よく見ればそれは四つ切りにしたサンドイッチではないか。

そう、耳を落とした二枚の白い食パンの間に、オレンジと黄色の黄身も鮮やかな玉子を挟んだサンドイッチだ。タイトルに食器と食パンという言葉が入っているとおり、この本には食にまつわるイラストが多く登場する。このイラストの玉子サンドは、なかでも食欲をそそるひとつだ。

体育座りの少女と跳び箱のように巨大な玉子サンド。体育座りをしている脚が描く三角と、サンドイッチの山型が相似しているからか、それらはどこかユーモラスな調和を保っている。

いつもなら短歌とイラストを眺めながら想像の翼を広げているうちに、心がマッサージされたような感覚になってすんなり眠れるところなのだが、今日はちがった。

『お願いです――どうかわたしを紙野さんの弟子にしてください！』

ゆっくりやってくる眠気のなかで、昼間の花音さんの言葉が脳内によみがえってくる。それまでの流れから、てっきり恋の告白をするのかと思っていたすみれは期待がはずれて「そっちですか」などと内心でツッコみつつ、花音さんの率直さに感嘆していた。

花音さんは紙野君のことが好きなのだ。いくら鈍い自分にもそれくらいはわかる。好きな人のそばにいたいという気持ちをこれほどストレートにぶつけることができるのは、若さゆえか自分に自信があるからか、あるいはその両方か。

あのときすみれはおそらく花音さんと同じように、息を詰めて紙野君の返答を待った。

「そんな風に言ってもらえてうれしいよ」紙野君は答えた。「俺は古本屋の店主っていう自分の仕事が好きだ。もし花音さんがこの仕事について本気で学びたいというなら、教えてあげることはできる」

花音さんの顔がぱっと輝いた。

「でも俺に教えることができるのはそれだけだよ。自分のことを名探偵なんて思ってないし。それでいいかな？」

「――はいっ！」

「じゃあアルバイトとして仕事を手伝ってもらう。でもここはすみれさんのお店だから、すみれ屋が休みの日に仕入れに一緒に行く。この仕事で一番大切なのはそこだからね」

「お金なんていりません」

「そういうわけにはいかないよ。ただ、やってみるとわかるけど、本屋ってけっこうきつい肉体労働だ。女性だからといって甘やかしたりはしない。そのつもりで」

「わかりました」

紙野君は親切で紳士的で本に詳しい。自分の仕事に興味を持ってくれる本好きな相手をむげに扱ったりはしない。花音さんの申し出に応じるのもある意味、彼なら自然なことだ。

頭ではそう理解しているのだが――。

すみれはぶるぶると頭を振った。

こんなことで悩むのは、自分らしくない。

食べ物のことでも考えよう。

そうだ――明日の朝、ひとりの朝食は玉子サンドにしよう。パン屋の大泉さんが毎朝届けてくれる焼きたての食パンを使って。玉子サンドにもいろいろなバリエーションが考えられるが、茹で玉子を刻んで、塩コショウとマヨネーズで和えた一番シンプルなやつで。『食器と食パンとペン』のイラストではないが、玉子は半熟にして黄身がオレンジと黄色のグラデーションになるように。

そういえば、子供の頃はじめて作ったサンドイッチも玉子サンドだったと思う。母親の見よう見まねでこしらえたが、できあがったものは美味しく食べられた。玉子サンドは期待を裏切らない。人を一番たくさん笑顔にしてきたサンドイッチは玉子サンドではないだろうか。

などと考えるうち、すみれはいつしか眠りに落ち――その夜、大きな玉子サンドの夢を見た。

紙野君から意外なオファーがあったのは翌朝、ふたりで開店の準備をしている最中だった。

「テイクアウト？」すみれは訊き返した。

「はい。すみれさんの料理を食べてもらいたい人がいるんですが、少し遠いところに住んでいるので、持って行ってあげられたらって」

食べてもらいたい人……だれだろう？

「どちらにお住まいなのか訊いていい？　あ、移動時間によってメニューも変わってくるかなって」

「じゃあ、作ってもらえるんですか？」

「もちろん。ほかならぬ紙野君の頼みごとだもの。ただ、食中毒には充分気をつけなきゃいけないから、メニューも限られると思うけど」

「勝手なお願いを聞いてもらえるだけでうれし過ぎるくらいです。ちなみに、叔父の家は千葉県の南房総にあります。車だと二時間くらいかな」

「叔父さん……あ、古本屋さんだったたっていう？」

「ええ」

新刊書店の書店員だった紙野君が古書店を始めたきっかけは、その叔父さんだと聞いている。身体を壊して店を畳むことになり、その膨大な蔵書を甥っ子である紙野君にそっくり譲ったのだ。

話には聞いていたが、そういえば、紙野君の叔父さんがすみれ屋を訪れたことはない。

「いつお届けするの？」

「つぎの休みの日と考えてます」

「……本の仕入れは？」

「その日はしないつもりです」

ということは――花音さんはいない？

「紙野君――もしよければ、わたしもご一緒していい？」思わずそう口にしていた。

「え……いいんですか？」

「もしお邪魔でなければ、だけど」図々しかったかと心配になる。

「……なんか無理やり巻き込んじゃってませんか？」

「ううん、そんなことない……！　紙野君の叔父様にもごあいさつしたいし、お礼も――紙野君が一緒に古書店を始めてくれたのも、その方のおかげでしょう？」

「じゃあ――ぜひ」紙野君の表情が和らいだ。邪魔ではなかったようで、すみれもほっとする。

「ご家族は何人？」

「ひとり暮らしです」

「そう……なら、三人でランチをするのはどう？」

「いいですね」

「叔父様、好き嫌いは……？」

「ないと思います」

「メニューは任せてもらっていい？」

「もちろんです」紙野君が微笑んだ。「でも、ひとつだけわがままを言ってもいいですか……？」


すみれはすみれ屋の定休日の前の晩と当日の朝、テイクアウト用の料理を作った。約束の時間に紙野君が車で迎えに来てくれた。軽のワンボックス。仕入れでも使うカーシェアリングの車だという。

仕事のときは黒一色だが、休みの日の紙野君のファッションには明るい色味がある。プライベートではくたっとした風合いを好む印象だ。

料理を積んで出発する。運転する紙野君の隣に座るのは新鮮な体験だ。まっすぐ前を向いて車を走らせる紙野君の横顔に、ふだんあまり意識しない男性らしさを感じたりした。同時に、これからはこの席をいつも花音さんが占めるようになるのだ、とも思った。

紙野君は湾岸沿いを走るルートではなく、いったん神奈川県へ出て川崎からアクアラインに乗り、東京湾を横切って千葉県の木更津へ出る方法を採った。このほうが早いという。川崎でトンネルに入ったが、橋の途中でそこを抜け海上に架かる橋梁を走る。よく晴れて空も海も青かった。

「気持ちいい。久しぶりに海を見た気がする」すみれは口に出した。

「渋滞もないし、運転していても楽しいです」紙野君が応じる。

アクアラインを渡ると車は木更津から南下した。海沿いの道で時々きらきらした海面が見える。気がつくと市街地を離れて周囲にのどかな光景が広がった。どれくらい走っただろう、紙野君はやがて左に枝分かれする道路へハンドルを切り、車はなだらかな山のほうへ登っていった。さらに進んでしばらくすると畑と木造の平屋建てが見え、紙野君はその敷地へ乗り入れると砂利が敷かれたスペースの、軽トラックの隣に車を止めた。

「到着です」

「おつかれさま」車を降りる。

駐車スペースの先にガーデンテーブルや物干し台が置かれた庭があり、そこに面した縁側にジャージ姿の男性が姿を見せた。六十歳くらいだろうか。温厚そうな顔に白髪まじりの頭、セルフレームの眼鏡をかけていた。どことなく紙野君に似ている。

「やあ」紙野君とすみれに向かって手を挙げ、微笑んだ。

「はじめまして」すみれは頭を下げた。

「すみれさん、こちら叔父の紙野謙介。叔父さん、こちらが玉川すみれさんです」紙野君が紹介してくれる。

「ほお、これは噂に違わぬべっぴんさんだ」紙野氏がすみれを見て相好を崩す。

「叔父さん、いまどきそれはセクハラです」紙野君がたしなめた。

「美人に美人と言うことも許されん時代か。隠居して正解だな。美人さんだって受難だ。ねえ、すみれさん？」

すみれは反応に困って「はは……」と笑った。

「叔父さん、駄目ですって！」紙野君がすみれを見る。「ごめんなさい、すみれさん。こういう人なんです」

見た目の印象は紙野君と似ているが、中身はちょっとちがうらしい。しかし――と思う。紙野氏は「噂に違わぬ」と言った。ということは。

「すみれさん、料理を出してもかまいませんか？」紙野君が訊ねた。

「あ、うん。わたしやるよ」

「俺がやります」紙野君は車に戻って、すみれが作った料理の入ったクーラーボックスを運んできた。

「天気がいいから、外で食べないか」紙野氏がガーデンテーブルとチェアを指さした。

「いいですね」すみれも賛成する。

念のため、ピクニック用のプラスチックの食器も用意してきた。それを使って三人で食事をする。すみれが用意した料理は、パテ・ド・カンパーニュと鴨のコンフィをメインに、サラダや前菜、デザート、そして、紙野君からリクエストされた自家製コンビーフを使ったサンドイッチだ。

「いやあ、旨い！　どの料理も絶品だけど、こんなに旨いサンドイッチを食べたのは、みじかからぬ人生ではじめてだ」サンドイッチを食べると、紙野氏が感嘆の声をあげた。

「亘からすみれ屋さんの話を聞いて、すみれさんの作るサンドイッチを一度でいいから食べてみたいと思っていた。感激だなあ」

紙野氏はそう言ってごくごくと缶ビールを飲んだ。お酒は彼の家にあったものだ。紙野君が運転するのですみれは控えるつもりだったが、紙野君から「俺は飲めないので、よかったら叔父につき合ってやってもらえませんか？」と言われ、ご相伴(しょうばん)にあずかっている。

「喜んでいただけてよかったです」すみれは心から言った。

「わがまま聞いてもらって、ありがとうございます」紙野君がすみれに頭を下げる。

「一度お店にお邪魔しなくてはと思いつつ、出不精な人間なので横着してました」紙野氏がすみれに言う。「僕は東京で生まれ育ったんだけど、体を壊して古本屋を畳むとき、空気のいいところで余生を送りたいと思ってここへ移り住んだんです。そしたらどんどん元気になって、いまでは畑で野菜まで作るようになった。とはいえ持って生まれた性格ってのは変わらんもんですねえ」

「でも、お元気になられてなによりです」すみれは答えた。

「ありがとう。過酷なこともあるけど、自然に接しているのがいいんでしょうな」紙野氏は畑やその向こうに目を向ける。遠くに海が見えた。

「素敵な眺めですね」

「お気に召したかな。僕は子供がいないから、死んだらこの家は亘に遺すつもりです。よかったら遊びに来てやって。亘のやつも喜ぶと思うよ」

「気が早過ぎですって」紙野君が動揺気味に言った。「案外長生きするんですよ、叔父さんみたいなタイプ」

「あ、それ、ディスってるだろ。だれのおかげで商売始められたと思ってるんだ?」

紙野氏が意地悪く笑う。

「いや、そういう意味じゃなくて——」

困っている紙野君を見てすみれは思わず噴き出した。こんな彼の姿を見るのははじめてかもしれない。

食事を終えると、紙野氏が淹れてくれたコーヒーを飲みながらデザートを食べた。紙野君は席を立つと、車から段ボール箱をいくつか取ってきて家に上がった。この家のなかにもまだ、紙野氏の蔵書が保管されている。その一部を持って帰るのだという。

「今日は本当に楽しかった」ふたりきりになると紙野氏がすみれに言った。「ありがとう、すみれさん」

「いえ……わたしもです」

「頁から聞いていたが、すみれさんはそれ以上に素晴らしい女性で、失礼かもしれないけど叔父として安心しました」紙野氏は真顔だった。「最初にすみれさんのカフェに古書店を出すと聞いたとき、大丈夫だろうかと思ったんです。仲のよい友達でも、こと商売となればそれだけではやっていけない。逆に一緒にビジネスをしたことで、関係が壊れてしまうことだってある。でも頁は、『すみれさんとなら大丈夫です』と断言した」

……そんなことがあったのか。

「不思議に思った」紙野氏が続ける。「頁はもともと根が頑固なところはあるが、慎重な人間だ。それがそこまで断言するとは。これもまた失礼かもしれないけど、ひょっとしてすみれさんと夫婦になる約束でもしているのかと思えば、そういうことでもないようだし。なぜそこまで確信できるか訊いてみたら、亘のやつ、こう答えた――『すみれさんはだれより信頼できる人です。そして俺は、すみれさんの信頼を裏切るようなことは絶対にしません』って」

すみれは思わず口に手を当てた。紙野氏がうなずく。

「僕もこの年まで独身で来ちゃったけど、亘は僕に輪をかけて女性に不器用な男です。もっと言えば度胸がない」紙野氏はにやっと笑った。「大切にしたい女性であるほどね。亘のやつ、これまで僕にすみれさんのことをなんて言ってたと思います？『心根がまっすぐ』で『ハートが大きく』って『努力家』で『だれにでも分けへだてなく』『地に足のついたしっかりした女性だけど、とても愛らしいところもあります』って――」

自分の顔が赤らむのがわかった。心臓がばくばくしている。

「その様子だと、本人に向かっては言えてないな。ほかにもまだまだあるけど、できれば自分で直接言ってほしいよね？　まあ、あいつはそんなやつです。仕事の相棒としてはともかく、男としちゃあものたりないでしょう」

「いえっ、そんなことは――！」

紙野氏はすみれを見てにこっとした。自分が口走った言葉の意味に気づいて、すみれは動揺する。段ボール箱を抱えた紙野君が縁側に現れた。かあっと全身が熱くなる。

紙野君はそれには気づかぬ様子で靴を履くと、段ボール箱を車へ運んだ。

すべての箱を積み終えると、家のなかへ入った紙野氏が段ボール箱を抱えて戻って来た。なかには何種類もの野菜があふれんばかりに入っている。

「すみれさんにお土産。今朝採ったものだから新鮮だよ」

「わあ、こんなに……！　いいんですか？」

「すみれさんみたいな美人に食べられたら、こいつらだって本望でしょう」紙野君に段ボールを渡しながら紙野氏が言った。

「ほらまたっ、イエローカード！」紙野君が叱ると、紙野氏は「ははは」と笑った。


アクアラインに乗る頃には夕方になっていた。

「なんだかんだ一日がかりになっちゃいましたね」運転しながら紙野君が言う。「今日はつき合っていただき、ありがとうございました」

「ううん――叔父様も楽しい人だったし、やっぱり連れてきてもらってよかった」口元が自然と緩んでしまうのを止められない。

紙野君が一瞬横目ですみれを見て、すぐ視線を前に戻した。

「……俺が作業している間、なにか失礼なこと言ってませんでしたか、叔父さんは？」

「全然。とっても素敵なお話をしてくれたよ」

「素敵……どんな話を？」

「それは――あっ、叔父さんにいただいた野菜、紙野君も食べない？　あとで分けようよ」

「あれっ、話そらしました、いま……？」紙野君がけげんそうに眉をひそめる。

「ふふっ」すみれは笑ってごまかした。

窓の外では――夕陽が世界を金色に染め上げていた。

シェアハウスのランチ部事件

1

「へえ、ハーフサイズもあるのか」カウンター席に座ったひとり客の女性が、ディナータイムのメニューを見てつぶやいた。

はじめてのお客様だ。

二十代後半くらいだろうか。青いコットンのベレー帽をかぶり、ゆったりしたベージュのシャツワンピース、デニムのパンツ、足元はサンダル。ファッションもメイクもナチュラルな印象だった。

彼女はほまりさんに、グラスワインの白とパテ・ド・カンパーニュのハーフサイズ、茄子とナッツのパテを注文し、店内をぐるりと見回した。

「あそこにある本って、席で読んでもいいんですか」ワインをサーブした紙野君に訊ねた。

「どうぞ」紙野君が答える。

彼女は席を立って古書スペースへ向かい、陳列台の平積みの本や棚挿しの本を眺め、何冊かを手に取って開いた。そして、そのうちの一冊を手に戻ってきた。

「ここの本のラインナップ、面白いですね」彼女は紙野君に言った。「オーナーさんが仕入れてるんですか」

「いえ。オーナーはあちらの女性で」と紙野君はすみれを示し、「古書スペースは僕が担当しています」

「こんな本、出てたんですね――『純喫茶レシピ』。表紙の写真からして〝昭和〟って感じでエモいなあ」

すみれもその本は読んでいた。紙野君の棚で見つけて買ったのだ。昭和を知らない若い人たちの間でしばらく前からちょっとした昭和レトロブームが起きた。それを象徴するひとつが純喫茶だ。『おうちでできるあのメニュー　純喫茶レシピ』もそうした流れのなかで刊行されたのだろう。表紙の写真はマーブル柄のテーブルに載ったプリン・ア・ラ・モード。食器も写真の雰囲気も〝昭和〟を感じさせるレトロなデザインになっている。

ナポリタンやピザトーストやミックスサンド、メロンクリームソーダや表紙のプリン・ア・ラ・モード、ミルクセーキなど「ザ・純喫茶」といったメニューに加え、各地の名店を代表するレシピが一品ずつ掲載されている。眺めているだけでも楽しいが、すみれも実際にナポリタンやフルーツミックスサンドを作って満喫した。

茄子とナッツのパテがサーブされると、彼女はスマホで写真を撮ってから食べはじめた。

「……美味しい」とつぶやいて料理をしげしげと見つめる。

「紙野さん、わたしも茄子とナッツのパテを」彼女の隣に座っていた五十嵐知穂さんが紙野君に注文した。

知穂さんは黒縁眼鏡が似合う三十代。本好きで、すみれ屋にはよくひとりで来る常連さんだ。

隣の彼女と目が合うと知穂さんは「ごめんなさい、真似するみたいで」と言った。

「どうぞどうぞ、真似してください」彼女がにっこり答えた。「すごく美味しいです――ってわたしがおすすめするのも変か。はじめて来たのに。あ、わたし三井夏葉って言います。よろしくお願いします」

彼女――三井夏葉さん――はオープンな性格の持ち主らしい。

「こちらこそ。わたしは五十嵐知穂です」

「こちらのお店にはよくお見えに？」

「けっこう通わせてもらってます。すみれ屋さん、美味しい食べ物と本が好きな人間にはオアシスみたいなお店ですよ」

「女性ひとりでも入りやすいですね。わたし、カフェを開拓するのが趣味で――と言ってもここ四ヵ月くらいですが――何軒か回ったけど、素敵なお店って、入る前からオーラでけっこうわかる気がする」

「うんうん、逆のパターンもありますよね」

「たしかに」

そこで紙野君が知穂さんに茄子とナッツのパテをサーブした。

「ほんと、美味しぃ〜」知穂さんが目を細める。「わたしも初挑戦だったんですよ、このメニュー。白ワインにもばっちり」

「ですよね。これ、塩気と旨味を出してるのはアンチョビかな。それとオリーブ油、ニンニク、バジルペースト、ミックスナッツ」

「正解です」と答えたのは、夏葉さんにパテ・ド・カンパーニュをサーブしたほまりさんだった。「よくおわかりですね」

「お見事」知穂さんが言った。

「やった。当たった。フードプロセッサーがあれば、家庭でも作れますかね？」

ほまりさんは夏葉さんに作り方を簡単に教えた。

「すごい。三井さん、グルメなんですね」知穂さんが感嘆する。

「そんなこともないですけど、料理は食べるのも作るのも好きです。ちゃんと料理するようになったのは最近ですけど。それまでは忙しくてそんな余裕もなかったし」と言ってから彼女はパテ・ド・カンパーニュをひと口食べた。「——美味しい！　すごく本格的」

「でしょう」知穂さんがにこにこする。「ってわたしが自慢するのもなんですが」

「……さすがにこれは真似できそうにないなあ。当たり前か。でも断然リピート決定。しばらく開拓はストップかな。わたし、ここから電車でふた駅のシェアハウスに住んでるんですよ。すみれ屋さん、近くてラッキーでした」

シェアハウス住まいと聞いて、彼女のフレンドリーな性格がうなずける気がした。

「はじめてだ、シェアハウス住まいの人にお会いするの。いつからお住まいなんですか」知穂さんが興味深げに訊く。

「四ヵ月ほど前からです」

「なぜシェアハウスに？」

「わたしの場合、決め手はキッチンでした」

「キッチン？」

「それまで住んでいた部屋はワンルームで、キッチンは電気コンロだったんです。わたし、以前はウェブデザインの会社で働いていたんですが、独立して基本的には在宅で仕事をするようになりました。で、会社員時代にはほとんどしなかった料理をはじめてみたんですが、電気コンロがひとつしかないキッチンだと、ものすごく使いづらくて。ちょうど契約期間が終わりそうなタイミングだったので、もう少しちゃんとしたキッチンがあるところに引っ越そうと。ただセキュリティなどを考えると、予算の関係から同じようなワンルームしかなかなかなくて」

「わたしは実家住まいですが、わかりすぎるほどわかります。女性のひとり暮らしって、男の人とちがって、いろいろ気をつけなきゃいけないですもんねえ」

知穂さんの言葉に、すみれも内心うなずいていた。

「そうなんですよ。わたしは地方出身なんですが、都会が好きなので東京から離れたくない。そこで視野に入ってきたのがシェアハウスです。女性専用でセキュリティを重視しているところも多いし、ふつうのマンションへ引っ越すより初期費用も抑えられる。平均的にはマンションより家賃も割安です——まあその分、プライバシーや快適さが犠牲になっているとも考えられますが。ただ、キッチンに関しては、これまでと変わらない家賃で住めるシェアハウスでも、ワンルームよりはるかに使いやすそうなところばかりでした」

「調理器具なんかもけっこう充実してるって聞いたことがあります」

「ええ。わたしはフードプロセッサーもオーヴンも圧力鍋も持っていなかったんですが、そういうツールもわりとふつうにある感じで。それなりの機能のものは自分で買うと高いし、場所も取るので、そこもいいなと思いました。いろいろなシェアハウスのキッチンを見るのが面白くなって、最終的にはキッチンが充実したハウスに申し込むことを決めました。もちろん、ほかの条件も自分の希望と合ったので」

女性専用、鉄筋コンクリート三階建ての比較的大きな物件で、ひとり用の個室が十四室。一階が共用部になっている。各部屋の防音性はワンルームマンションより劣るが、共用部にワークスペースもあるのでそこに決めたという。

「肝心のキッチンですが、アイランド型を含めて三つ。作業スペースやシンクも充分で、調理器具も充実しています。自分では買えない高価なものや、業務用みたいな大きさの寸胴鍋まで」

「十四人でキッチン三つ……ひょっとして、人数当たりでいうと多いほうですか」

「そのとおりです。それも決め手でした。キッチンが少なかったら、ほかの人と利用時間が重なってストレスなんじゃないかなって。まあ、わたしは在宅ワークで時間に融通が利くほうではありますけど。結果的にはキッチンはわりと混雑しがちだったんですが、それはそれで楽しくて」

「よかったですね」

「想定外だったこともありました。料理上手な人が多くて、上手じゃない自分の料理を見られるのが恥ずかしいっていう」

夏葉さんは弱り顔で微笑んだ。

「逆にほかの人の料理を見て勉強にもなったりは？」

「ありました。そちらはうれしい想定外です。料理のレシピやコツを訊いたら親切に教えてくれる人も多いです。タイミングが合えば作った料理をシェアしてくれたり」

「それは楽しそう」

「もともと、人との交流が目的ではなかったんですが、入居してみたらシェアメイトさんたちとの人づき合いもわるくないなって。ほかは知りませんが、うちのハウスはシェアメイトの仲がよくて、弁当部っていうのもあるくらいなんですよ」

「弁当部？」

「ええ。いまは五人が所属してるのかな、毎朝メンバーそれぞれが一品ずつおかずを作って、それを部員で分ける。そうすると、自分は一品しか作っていなくても五品のおかずがある弁当が完成するっていう仕組みです。メニューはみんなで相談して決め、材料費は割り勘で」

「面白い！　その発想はなかった」

すみれも感心する。合理的だし遊び心も感じられる。

「それと、土曜日にはランチ部も」

「みんなでランチを作るんですか」

「こちらはまたちがった趣向です。毎週部員が交代でひとりずつ主宰を務め、参加者から材料費をもらって人数分のランチを作る。主宰は自分から手を挙げて順番に日程を決め、メニューの内容と材料費を掲示板で告知する。参加したい人は期限までに自分の名前を書き込むという仕組みです」

「わあ、主宰はシェフってことですよね？　ハードル高そう」

「わたしにはとても無理ですね」夏葉さんは笑った。「もっぱら食べる側で。主宰にはプロの料理人を目指している人もいたりして、腕に自信がある人ばっかりですね。何度か参加していますが、いつも美味しくて感動します」

「シェアハウスって入居者同士の相性が大きそう。三井さんは、いまのところと相性がばっちりだったんじゃありません？」

「ええ、そうですね。ラッキーだったと思います。でも――」夏葉さんが言葉を濁す。

「最近ちょっとトラブルが起こるようになって」

「トラブル……？」

「あっ、ごめんなさい。初対面なのに変な話を」

「わたしのことでしたら全然気にしないでください。むしろ変な話は大好物なので興味津々です。お酒の肴にもなりますしね。もしよかったら聞かせてください」

「……いいですか」

「ぜひぜひ。紙野さん、おかわりをお願いします」知穂さんは夏葉さんを見てにんまり笑った。「これでいくらでもお話聞けちゃいます」

夏葉さんの表情が緩んだ。

2

「それまで大きなトラブルもなく、比較的平和だったうちのハウスに変化が起きたのは、ひと月半ほど前からです。共用部の掃除は管理会社の依頼を受けた業者さんが定期的にやってくれていますが、キッチンを使ったら当然、使った人が片づけをすることになっています。それまでキッチンはいつもきれいな状態でした。でも、洗っていない食器や調理器具がシンクに置かれたままになっているのが発見されるようになったんです」

「発見される、ということは、使っているところはだれも見ていないと？」

「ええ。見つかるのはいつも朝。たぶん夜中、ほとんどの人が寝ている間に使ったんだと思います。それだけじゃありません。キッチンには共用の大きな冷蔵庫が三台備えつけてあって、スペースを区切って入居者が使える区画を割り当てています。だから場所を見ればだれの食べ物かすぐわかる。さらにトラブルを避けるため、食べ物や飲み物には名前を書いておくというルールになっています。それまでは問題なかったんですが、同じ頃から冷蔵庫にしまっていた食べ物が時々なくなることがあって。調味料がなくなったと言っている人もいました。うちはちょっと変わっていて、調理器具や食器は共用ですが、調味料は各自で購入する決まりになってます。キッチンには各自の調味料をしまう棚があって、冷蔵庫で保存するもの以外は、みんなそこに自分の調味料をしまっているんです」

「なくなるって、もしかして……？」

「だれかが盗んでいるとしか考えられません」

「うわあ……」

「わたしも一度、自分のハムがなくなっていてショックでした。腹立たしいというより、同じ住居に平気でそんなことをできる人がいるって考えると、不気味というか気持ちわるいというか……」

「だれがやったかは——」

「……わかりません。管理会社には相談しましたが、食器や調理器具は使ったら洗うようにとか、冷蔵庫内の他人の食べ物は食べないようにという注意書きを掲示板に貼るくらいで。プライバシーの関係で、屋内に防犯カメラなんかはありませんし」

「うーん、それは落ち着きませんね。疑心暗鬼になっちゃいそう」

「シェアメイト間の空気がぎすぎすしてきました。せっかくそれまでは平和だったのに」

聞いているすみれも胃が痛くなってくるような気がした。

「紙野さん」そこで知穂さんが紙野君に声をかける。「聞いてましたよね、いまの三井さんの話。だれが犯人かわかりませんか？」

夏葉さんがびっくりした顔で知穂さんと紙野君を見比べる。

「あ、ごめんなさい、いきなり」知穂さんは夏葉さんを見た。「じつはこちらの紙野さん、すみれ屋の古書店主だけでなく、名探偵の顔もお持ちなんです」

「五十嵐さん、それはちょっと言い過ぎです」紙野君がやんわり否定する。

「いいえご謙遜を」知穂さんはまた夏葉さんのほうを向いて、「じつはわたしも以前、個人的な悩みを聞いてもらって、紙野さんの名推理のおかげで救われたことがあるんです」

もちろんすみれも覚えている。知穂さんに訪れた初恋の悩みを、紙野君が見事な推理で解決した〝事件〟だ。

「そうなんですか……」夏葉さんが紙野君をまじまじと見る。当惑しているように見えた。いきなりそんな話をされても、すぐには信じられないのがふつうだろう。「でもじつは、だいたい見当はついてるんですよね、だれがやったのか」

「なら紙野さんの出番もなしか。ちょっと残念。ちなみに、その人は――？」

夏葉さんはためらった。

「――あらかじめ言っておくと、あくまで推測です。ご本人には失礼な話かもしれない。でも、彼女を疑っているのはわたしだけじゃありません。わたしが話したなかでも、少なくとも半数以上のシェアメイトが同じ意見なんです」

「わかりました。あくまで推測という前提でうかがいます。わたし、シェアハウスに住んでいる知り合いはいないので、お話聞いても問題ないと思いますよ」

知穂さんが話の先をうながす。

「……わたしたちが怪しいと思っているのは、ひと月半前くらいに入居した、テレビの制作会社のAD――アシスタント・ディレクターをしているという方です」

「ADさんか。知り合いにはいないけど、忙しそうな仕事ですね」

「それにすごく不規則な生活です。彼女が入居してしばらく経った頃、一度夜中にキッチンで火災報知器が鳴り響き、ほとんどの人が起こされるということがあった。キッチンへ降りたら煙が充満していて、火事が起きたのかとパニックになりました。結論を言うと、彼女が換気扇を回さず焼き魚を焦がしただけだったんですが、非常識ですよね。彼女はフレンドリーなタイプでもなく、不規則な生活でハウスにいる時間もみじかいので、親しくなったシェアメイトもいなかったみたいですが、この件でほとんどの人にマイナスの印象を与えたと思います」

「まあそうなるか」

「ほかにも一度、酔って友人と帰ってきて、夜中に自分の部屋で大声で話しながらお酒を飲み、ふたりでそのまま朝まで寝てしまうという事件もありました。入居者以外は個室に入れてはいけない、ゲストが滞在できるのは午前十時から午後十一時までというふたつのルール破りです。これでさらに印象がわるくなった。靴をシューズボックスにしまわず玄関に出しっぱなしにしたり、入浴の制限時間を守らなかったり、入浴後に掃除をしなかったり、洗濯機に洗濯物を入れっぱなしにしたり――ルール違反やマナー違反をくり返しています」

「困ったちゃん認定してもよさそう」

「直接注意したシェアメイトもいるんですが、逆ギレすることもあって。まさにトラブルメーカーですね」

「なるほど。で、キッチンの汚れものや冷蔵庫の食べ物がなくなるという現象も、その彼女――Aさんと呼びましょうか――が入居した、ひと月半くらい前から起きるようになった、と。それは疑いたくもなりますね」

「五十嵐さんもそう思いますか」

「思っちゃいますねえ。そういう人がひとりいるだけで、シェアハウスの住みやすさって全然変わってしまうんでしょうね」

「本当です。彼女の隣の部屋の人は、夜中の騒音やいびきにも悩まされてるそうで。その人には申し訳ないけど、Aさんと同じフロアじゃなくてラッキーだなって思いました」

「でも、ルールを守っている人がルールを守らない人に我慢しなきゃならないって、なんか理不尽ですよね。なんとかならないんですか」

「シェアメイトの何人かでクレームを入れたところ、管理会社が一度彼女に注意してくれました。それでも同じようなことが続いたので、管理会社もさすがに見かねて、先日、これ以上ルールを破るようなら退去してもらうと通告したみたいです。以降、あからさまなルール違反はしなくなりました。それ以降はキッチンに置きっぱなしっていう癖はまだ完全には直っていませんが。ただ、玄関に靴を出しっぱなしの汚れものも見なくなりましたし、冷蔵庫の食べ物が盗まれることもなくなったのでみんなほっとしまった。同時に、やっぱりねと」

夏葉さんは苦笑する。

「何をか言わんや、ってやつですねえ」

「でも――これでやっと少しは平和が戻ったと思ったところで、また事件が起きたんですよね」夏葉さんは硬い表情になった。

3

「今度はなにが？」知穂さんが訊ねる。

夏葉さんはワインのおかわりを注文し、

「さっき、ランチ部の話をしましたよね。事件が起きたのはこの前の土曜日のランチ部でのことでした。その日の主宰は――こちらはむしろ被害者なのでお名前を言ってもいいかな――西東左奈美（さいとうさなみ）さん。わたしと同じ二十九歳で、わたしが入居するよりかなり前からいるシェアメイトです。ものすごくエネルギッシュな人で、将来は本格的なインドカレー店を開業する夢があるそうです」

「プロの料理人を目指してるって、その西東さんのことですか」

「そうです。うちのシェアメイトのなかでは、さっきから話題のAさんの次くらい忙しくしてるんじゃないかな。西東さんの場合はダブルワークですが」

「ダブルワーク？」

「ええ。インド料理店でのアルバイトと、ホテルのフロントのかけ持ちだそうです。すごいんですよ。朝から夕方までインド料理店で働いて、いったん帰宅して睡眠を取ったら、今度は翌朝までホテルで夜勤をこなすという働きぶり」

「どちらかを軽く副業してる感じじゃないんだ。なるほどたしかにエネルギッシュ。そもそも肉体的にタフな方なんでしょうね」

「一日五時間は睡眠を確保してるし、土曜の夕方に時々ホテルのシフトが入る以外、週二日は休めてるからブラック企業で働いている人より全然まし、と本人は言ってました。とはいえ、貧血がひどくてインド料理店をお休みすることもあるみたいだから、そこまでタフと言えるかどうか」

「なおさら頭が下がるなあ。ただ、そんな生活だと、せっかくキッチンのスペースがあっても料理する余裕なんてないのでは？」

「それが、毎日ちゃんと朝食と夕食は作ってるんですよね。カレーとか手の込んだ料理は夕食時だけで、朝はトーストを焼くくらいですが。忙しいのにささっと、夜勤の前の夜食用の作り置きまで作ってます。料理も片づけもてきぱきしてるし、ダブルワークだからでしょうが、洗濯もわたしなんかよりはるかにまめにしてる」

「前になにかで読んだんですが、エネルギッシュな人って、並の人間の一・五倍もの人生を生きることが可能なんですって。わたしたちみたいにぼんやりしているような時間が一切なく、つねになにかしらやるべきことをこなすことで、同じ時間を生きていても人生の濃密度がちがうっていう意味らしいんですが」

「それ、わかります。カレー作りひとつとっても、なにやってるかわからないくらい、ものすごいスピードでてきぱき作業してるんですよ。西東さん本人が、目標を達成するために、時間でも労力でもとにかく無駄は削ってるって言ってましたね。彼女、基本的には部屋着も外出着も毎日同じなんですよ。訊いたら、スティーブ・ジョブズと同じくコーディネートを考える手間を省くため、シーズンごとに同じ服を何着も買ってるそうです」

「ジョブズ以外にも、そういう人多いですよね、アメリカのIT起業家とか。それくらい意識が高いんだ」

「そうですね。アメリカといえば、彼女、英語もペラペラなんですよ。以前、日本語が得意でない外国人のシェアメイトがいたときも、西東さんのおかげでほかの人たちともうまくコミュニケートできたそうです」

「自分のお店を持ったら、接客にも活かせるじゃないですか。こちらのオーナーのすみれさんもアメリカの留学経験があって英語が堪能なので、日本語が苦手な海外のお客さんにもリピーターがいるんですよ」

「へえ、そうなんですか」

いきなり自分の話になってどきっとしたが、すみれは作業を続ける。

「西東さんもまさに同じことを言ってました。そのために英語の勉強をしたって」

「世の中、意識が高い人は多いけど、みんながそれに見合った努力をしているわけじゃないのにすごいですよね。三井さんが熱く語りたくなるのもよくわかる素敵な方だなあ」

「シェアメイトにはいろいろ学んだり刺激を受けたりしていますが、西東さんに関しては同い年だけど尊敬してます。自分のお店を持つという目標があるから、ダブルワークを続けながらきっちり節約もしてて。メイクも最小限だし、美容院へは行かず、髪の毛もセルフカットしてるそうです」

「セルフカットまで?」

「なかなか挑戦しようと思いませんよね? でも、西東さん、難しい襟足の部分もきれいにカットできてるんで感心します。もちろん鏡を使ってるそうですけど」

「西東さん、超人かな?」

知穂さんの軽口に、夏葉さんはくすっと笑った。

「わたしも同じようなことを思って、西東さんって完璧すぎません? って賞賛したら本人は、『得意なことに集中してるだけだよ』と謙遜してました」

「優秀な人ほど謙虚な現象だ」

「ですね。『苦手なところはパートナーと補い合ってお店をやっていくつもり』とも言ってました」

「おお、それってまるでこのすみれ屋さんじゃないですか！　料理の上手なすみれさんと、本のエキスパートである紙野さんの最強コンビ。西東さんがお店開いたら、教えてください。絶対行きます！」

「了解です」夏葉さんが微笑んだ。「なんだか西東さんを紹介するために話してるみたいになっちゃいましたけど……。そんな人だから、料理の腕は折り紙つきなんです。だから、この間も、西東さんが主宰に決まったカレーランチに、わたしはすぐ参加申し込みをしました。これまでにも二度参加してすごく美味しかったし、西東さんのカレーのファンは多いので、参加者はわたしを入れて全部で九人に」

「入居者の半分以上か。すごいですね」

「お店を開いたら絶対人気になると思います。西東さんがうちのハウスに決めたのは、やはりキッチンが充実していることと、ランチ部があったことだそうです。ふだんは作らない大人数向けの料理の練習もできるし、食べた人の感想も参考になる」

「そうか。自分のお店を開業するリハーサルができちゃうんだ」

「そうなんです。参加者にも、美味しいものが食べられるだけじゃないメリットがあって――」夏葉さんはバッグから折り畳まれた一枚の紙を取り出した。「こんな風にその日の料理の一人前用のレシピがもらえるんです。当日は主宰の人が作るところを見て、質問もできる」

夏葉さんは、知穂さんにも読めるようにふたりの間のカウンターにレシピを置いた。

「〝『王道のチキンカレー』ｂｙ西東左奈美〟」知穂さんが読みあげる。「さいとうさんて、西東って書くんですね。わたし、はじめて見たかも」

「石川県ご出身で、地元では周りの親戚に当たり前にいたけど、東京に出てきたら同じさいとうさんに出会ったことがなくてびっくりしたって。左奈美さんの『さ』も左って珍しいなと思って口にしたら、西東さん、よくにんべんがついた佐にまちがえられる、自分の名前を聞いて一度で漢字を全部当てた人はまだいない、もしぴたりと当てた男性がいたら恋に落ちてしまうかもって」

「日本語は奥が深いとは思ってましたが、そんなロマンスの可能性まで秘めていたとは！」そこで知穂さんはレシピに目を落とした。「手描きのきれいなイラストも入ってて、見てて楽しいレシピですね。……ふむふむ、まさに本格的なスパイスカレーって感じだ」

「ですね。でも、スパイスさえそろえればわたしでもぎりぎり作れました」

「すごーい。作ったんですか」

「今回のレシピは以前にも披露したことがあったそうで、一週間前にもらえたんです。わたし、はじめて西東さんが担当するランチ部に参加したあと、インドカレーを作りたくなってスパイスを何種類か買ってて。その余りがあったので」

「スパイス、そろえるのはよくても使いきるの難しいですすもんね。わたしも作ってみたいなあ。これ、スマホで撮ってもいいですか？」

「よかったら差し上げますよ？　わたし、自分のレシピノートに写したので」

「ほんとですか。では遠慮なく。ありがとうございます」

仕事を離れてもレシピを見るのが趣味のすみれは、もし機会があれば知穂さんに見せてもらおうと思った。

「あ、前置きが長くなっちゃいましたね。事件の話に戻ります」夏葉さんが言った。

「ランチ部当日の土曜日、参加者はひとりを除いて開始時刻の十一時半までにキッチンに集合しました。西東さんはいつもはもっと早めに来てあらかじめ準備していたんですが、この日はわたしが二階にある自分の部屋を出るのと彼女が部屋から出てくるのが同じタイミングだったので、開始時刻にレシピを見ながらスパイスなどの調味料を計量するところから準備にかかりました。あ、調味料が盗まれたと言っていたのは、この西東さんです」

「ちなみになにが？」

「西東さんによれば、砂糖と塩だったと。どちらも、百均でも買える片手で蓋が開けられるタイプの、プラスチックの同じストッカーに入れ替えてありました」

「それでよく盗まれたってわかりましたね」

「ストッカーは透明でなかが見えるタイプ。西東さんいわく、自分はケチなのでどこまで使ったのかミリ単位まで目で記憶するようにしている、ある朝起きて見たら、どちらも二センチくらいずつ減っていたのですぐわかった。さらに——Aさんの調味料棚の容器を見たら、粗塩と上白糖の分量が前日見たときより少し増えていた気がする、と」

「自分だけじゃなく、ほかの人の調味料までは把握しているとは——西東さんおそるべし！」

「ほかの人ならともかく、西東さん、棚の調味料ものすごく几帳面に管理してるから、不思議じゃないなと思いました。容器を移し替えた調味料には全部中身がわかるようラベルライターがきれいに貼ってあるんです。塩や砂糖だけじゃなく、たくさんあるインド料理用のスパイスも形や量ごとに砂糖や塩と同じストッカー、タッパー、蓋で密閉できるガラス瓶の三種類に分類してその全部に。それと、Aさんは調味料の蓋をちゃんと閉めていないから、虫でもわかないか気になるってそれ以前からこぼしていたので、気になってチェックしていたみたいです」

「さすがというかなんというか……西東さんにはAさんを疑う根拠があったわけですね」

「ええ。もちろん証拠なしに追及はできないというスタンスでしたが、相当怒ってました。とくに塩は、自然海塩にこだわって高いやつを買っているってランチ部でも言っていたのでなおさらでしょう。部屋にしまうのも悔しいから対策を考えると。どんな対策かは知りませんが」

「ちなみにAさん、ランチ部には？」

「ちょうどその話をしようと思っていたところです。じつはさっき『ひとりを除いて』と言った参加者はAさんだったんです」

「え……でもほかの入居者さんと仲良くしてないのでは？」

「そうなんです。自分からほかのシェアメイトと仲良くなろうとしている様子もないし、ランチ部にもそれまで一度も参加したことがなかった。でも彼女、以前バックパッカーとして世界中を回っていた時期があって、インドには特別な思い入れがあるのでインドカレーは大好物だと、Aさんと話したことのあるシェアメイトさんが。なので、掲示板に名前があってもそれほど不思議とは思いませんでしたね」

「でも開始時間には来ていなかった」

「ええ。参加者が支払う材料費は事前に集められ、本人の都合で参加できなくなっても返金されないことになっています。ランチ部はＬＩＮＥの連絡先を交換するんですが、主宰の西東さんに欠席の連絡はなかったそうです。じつは玄関に彼女の靴が出しっぱなしになっていたので、Aさんはハウス内にはいたと思います」

時間になったので西東さんがLINEで知らせても返事がなかった。西東さんは『Aさんがもし途中で来なければ、完成したらまた連絡するね』と参加者に断って調理をはじめた。

「自分用に作った人数分のレシピを見ながら、いつもより丁寧に作業している感じだったので、わたしもほかの参加者と、自分の手順の答え合わせをしながらじっくり見ていました」

「いかがでした？」

「前にも西東さん主宰のランチ部に参加したので、スパイスカレーの基本はなんとなくわかります。スパイスは種類べつに二回に分けて入れる。まず油にスタータースパイスというスパイスを入れて香りを移したら、玉葱を入れてキツネ色になるまで炒めてニンニク、ショウガを加える。トマトを入れて水分を飛ばすように炒めたところで火を弱め、ここでメインのスパイスと塩を投入。これを炒めるとカレーペーストができあがる。カレールーを使う日本のカレーとはちがって具材を入れるのはこのあと、湯を注ぐタイミングで。この順番と火加減に気をつければだいたいうまくいくみたいです。わたしの手順も問題ありませんでした」

「おお、素晴らしい」

「今回のレシピではここで鶏肉を加えたら十分ほど煮て、仕上げに刻んだパクチーを混ぜれば完成です。鍋から立ちのぼるスパイシーな香りも、わたしが作ったものとそう変わらない気がしてほっとしました」

料理の話は聞いているだけで楽しいが、夏葉さんが言った「事件」はいつ起こるのだろうとすみれは思った。

「その時点でもまだAさんは来ていなかった？」知穂さんが訊ねた。

「まだです。でも、もうすぐ登場します。鶏肉と水を加えて煮立てて味見したあと、煮込みがはじまると西東さんは『Aさん、寝てるのかな』とスマホを手に取って操作していました。それでもAさんは姿を見せませんでした。ところが、西東さんが最後の味の調整をしていたタイミングで、事件が起きたんです」

「来た、事件――なにがあったんですか」

「非常ベルがいきなり鳴り響いたんです」

「非常ベル――？」

「いやー、びっくりしました。以前Aさんが深夜に魚を焦がして火災報知器が鳴ったときもパニック寸前でしたが、火災報知器の電子音より非常ベルのジリジリという音のほうがはるかに大きく感じました」

「避難訓練以外で鳴ったら心臓にわるいですよね。非常ベルはどこにあったんですか」

「各階の階段とエレベーターの間の壁に設置されています。一階の共用部は建物の西側の端にキッチンとダイニングがあって、玄関を挟んでラウンジやお風呂やトイレ、その先、東側の端にエレベーターと階段という位置関係です。キッチンから階段を見通すことはできませんが、わたしたちはいっせいにそちらを見ました。それとほとんど同時に『あっ！』という声がして目を戻すと、西東さんが手にしていた塩のストッカーが、カレー鍋のなかに落ちていました。残っていた塩もカレーにぶちまけられた状態で」

「ええっ……」

西東さんもショックを受けた様子だったが、『火の始末をするから、見てきて』と参加者に言った。夏葉さんたちはキッチンを出て階段へ向かった。一階の非常ベルを確認したが作動していなかった。ジリジリという音をたどって階段を上がる。二階、三階は階段からまっすぐに延びる廊下の両側に、あわせて七つの部屋が振り分けられている。二階の廊下に人気(ひとけ)はなく、非常ベルも沈黙していた。夏葉さんたちは三階へ上がった。ここも人気はなかったが、鳴っていたのはこの階の非常ベルだった。

『どうして……？』だれかが言った。

炎や煙が出ている気配はなかったので、ひとりが非常ベルを止めた。シェアハウスはまた静かになった。いったいだれが鳴らしたのだろう。みな不気味に思いつつ、また二階へ降りて念のため異状がないか確認する。大丈夫なようだったので一階へ降りると、階段の下で西東さんと出くわした。夏葉さんたちが事態を説明しようとしたところで、エレベーターホールに面したトイレのドアが開いて、スエット姿のAさんが出てきた。髪はぼさぼさでメイクもしていない。

『……なに、いまの？』夏葉さんたちに向かって彼女は言った。


「――結局、火事ではなかったんですか」知穂さんが夏葉さんに訊ねた。

「ええ」夏葉さんが答える。「Aさんが魚を焦がしたときに鳴った火災報知器は煙を感知して自動的に作動する。でも非常ベルは自動的には作動せず、ボタンを押して鳴らす仕組みです。かなり強く押さないとベルが鳴らないようになってました。あとで管理会社に連絡して専門の業者さんが確認したところ、機器に異常もなかった」

「ということは……」

「ハウスにいただれかが押したんです、まちがいなく」

「うわ、怖い――」

すみれも同じことを感じた。

「その『だれか』ってわかったんですか？」知穂さんが夏葉さんを見た。

「……はっきりとは」夏葉さんが言葉を濁した。「目撃者もいないし証拠もありません。警察に捜査を依頼するような事件でもないので、このままわからずじまいだと思います。でも――わたしはAさんを疑っています」

「どうして?」

「ランチ部に参加していなかったシェアメイトの五人は、ランチ部がはじまる前にそろってホテルのデザートビュッフェに出かけていたんです。帰ってきたのは夕方でした」

「ベルが鳴ったとき、シェアハウスにいたのはランチ部に参加した人のみ。そして――その時点で唯一出席していなかったのがAさんだった」

「そうです。ハウスに玄関はひとつ。キッチンから見えるので、出入りがあればランチ部のだれかが気づいたはず。料理の最中は見逃す可能性もゼロではありませんが、非常ベルが鳴り出したあとはわたしたちが玄関の前を通って階段を上がったので、それをすり抜けて玄関へ逃げるのは不可能です」

「でも――Aさんは一階のトイレに入っていたんですよね?」

「そこなんですよねえ」夏葉さんは眉をひそめる。「Aさんは十分ほどトイレに入っていたと言っていました。寝坊してランチ部の開始には間に合わなかったけど、遅れて出席するつもりで三階にある自分の部屋から一階へ降りてまずトイレを済ませようとしたそうです。そうしたら非常ベルが鳴ったのでおどろいて出てきたと」

「でもそれはAさんの嘘で、本当は三階の非常ベルを鳴らしてどこかに隠れ、三井さんたちをやり過ごした？」

「そうとしか考えられないんですが——不可能なんです」

「階段のほかにシェアハウスにはエレベーターがあるっておっしゃいましたよね。それを使えば可能なのでは？　三階で非常ベルを鳴らしてエレベーターで一階まで降りれば、三井さんたちと出会うことなく一階のトイレに隠れることができますよね」

「わたしもそう思いました——」

エレベーターは各階、階段の手前、廊下に面した場所にある。だが、非常ベルの音を聞いてキッチンを飛び出した夏葉さんたちが階段へ向かったとき、エレベーターは三階に停まっていた。定員二名のホームエレベーターで速度も遅い。夏葉さんたちがエレベーターを使わず階段を駆け上がったのもそれが理由だ。

「わたしたちは非常ベルが鳴るとすぐ階段へ急ぎました。もしAさんが三階で非常ベルを鳴らし、エレベーターで一階に降りたとすると、わたしたちが通り過ぎた時点でエレベーターは三階から一階へと降りる途中か、あるいは到着したばかりだったはず。三階にあったのはおかしいんです」

「Aさんが偽装工作のため、一階でエレベーターを降りてから空のエレベーターだけを三階に上げたのでは？」

「だとしても、エレベーターは三階ではなく、一階から三階へ移動している途中だったはず。それくらいゆっくりしか動かない機種なんです。じつはそのあと――疑問に思った数人で実験してみたんです。ランチ部のときの状況を再現して、キッチンから階段へ向かう組と三階から一階へエレベーターへ降りる組とに分かれて。何回やっても、エレベーターが三階から一階に到着する前に、階段組はとっくに一階の階段に到着する結果になりました」

「なるほど……三階から一階に来る時点で間に合っていないのに、エレベーターを三階に戻すなんて不可能だ」知穂さんがうなずいている。「あ、ところで、ランチ部はそのあと無事再開されたんですかの？」

すみれもそこが気になっていた。

「それが――」

だれが非常ベルを鳴らしたのかという謎が解けないまま、西東さんと、Aさんを含めた参加者一同はキッチンに戻った。ガスコンロの火は止められていた。カレーの鍋はシンクに置かれていて中身は空になっていた。シンクにはカレーがついたままの塩のストッカーも置かれていた。こちらも中身はほとんど空になっている。

『……ごめんなさい』西東さんが沈痛な顔で参加者に頭を下げた。『わたしのミスでカレー、駄目にしちゃった。ちょっとリカバリーできそうになかったし、ストッカーも落としちゃったので処分しました。いただいた材料費はお返しします』

「――そうだったんですか」知穂さんがため息をつく。「残念でしたねえ。タイミングがわるかったというかなんというか」

すみれとしても、食べ物が無駄になってしまう話は聞いていて辛かった。

「でも、もし偶然じゃなかったとしたら？」

「あっ――」夏葉さんの言葉に知穂さんがはっとする。「もしかして、非常ベルを鳴らした『犯人』は、ランチ部の邪魔をしたかった……そういうことですか？」

「わたしはそう疑っています。ランチ部の参加者のなかにも同じように考えている人は少なからずいます」

「つまり――もし犯人がAさんだとしたら、動機はほかの入居者さんへのいやがらせ、あるいはクレームを入れられたことへの仕返し……」

「それもあるかもしれませんが――わたしは、西東さん個人に向けたものだったんじゃないかって」

「狙い撃ちってことですか。あれ、でも……西東さんの調味料を盗んだ犯人はAさんである可能性が高いんじゃありませんでしたっけ。犯人がAさんだったとしたら、Aさんが西東さんを恨んだりする理由はないんじゃないですか？」

「五十嵐さんにまだお話ししていませんでしたが――Aさんが来てから一度、ほかのシェアハウスとの交流パーティがあったんです。週末だったので西東さんも参加してお相手のハウスに数人いた外国人と英語で話したり、英語が苦手な人たちの通訳を買って出たりしてくれました」

パーティの終わり近くになって、Aさんが仕事から帰宅した。だれかが声をかけると、彼女はパーティに参加してお酒を飲んだり料理を食べたりしはじめた。そのときは少しほかの入居者ともコミュニケーションを取ったという。

「それからしばらくして、Aさんが外国人女性をうちのハウスに連れてきました。夕方六時くらいだったかな。わたしはキッチンで自分の夕食を作っていました。Aさんとその女性も来てふたりで料理をはじめた。Aさんの友人は片言の日本語、Aさんは片言の英語で身振り手振りを交えてなんとか会話している感じでした。見たところ、一緒にお好み焼きを作ろうとしているようでした。そこへ西東さんがやってきました。インド料理店でのバイトとホテルの夜勤から帰ってくると、かならずお風呂に入って食事を作るのが彼女の日課です」

西東さんに気づいたAさんが外国人女性になにか言い、その女性が西東さんを見て英語で話しかけた。すると西東さんの顔色がさっと変わった。険しい顔で首を横に振ると、西東さんは返事もしないままキッチンを出て行ってしまったという。

「あとから聞いたらそのまま自分の部屋に戻って、夜勤の仕事に出るまで部屋にいたそうです。夕食は部屋にあったお菓子で済ませたって」

「西東さんはなぜそんなことを？」

「Aさんの友人女性の態度を失礼と感じたそうです。教えてもらうのが当然みたいな、上から目線を不快に感じたと。ほかのシェアメイトならともかく、Aさんのために我慢して無駄なエネルギーを消費する必要はないと思ったのでその場を離れたと」

「はっきりしてるなあ。でも、Aさんに遺恨のある西東さんなら当然か」

「ところがAさんにしてみると、西東さんに助けてもらえるというあてがはずれたことが不満だったみたいです。友人女性も無視されて傷ついたし、いつもはちがうのに、自分の友人のときだけ通訳してくれなかったと、このときのことを根に持っているような調子でほかのシェアメイトに語っていたらしくて」

「いわば逆ギレ的な？」

「ええ。だから、Aさんのほうが西東さんを恨んでいても不思議じゃないと思います」

「遺恨という動機はあったと」知穂さんがうなずく。「もしAさんが犯人だったとすれば西東さんへの仕返しのため、彼女がランチ部を主宰したとき、わざわざその最中を狙って非常ベルを鳴らした。結果、Aさんにしてみればまんまと西東さんはカレー作りに失敗したばかりか、参加した人たちにも迷惑をかけ、謝罪・返金に追い込まれることになった。復讐は大成功に終わったと考えられるわけですね」

「ええ。ただ、わからないのは、彼女がどうやって非常ベルを鳴らしたあと、わたしたちとすれちがうことなく一階に降りたのか、です」

「犯人がAさんだとすると、一種のアリバイ崩しミステリーとも考えられるのかな。三階の非常ベル周辺に、なにか不審なものはなかったんですか——自動的にボタンを押す時限装置の仕掛けとか」

「ありませんでした」

「そうですか。とすると——考えられる方法はあとひとつ」

「なんですか?」夏葉さんが期待を込めて知穂さんを見る。

「三階の非常ベルを鳴らしたあと、Aさんは階段やエレベーター以外の手段で一階へ降りた。たとえば、三階の窓から外へ出て、建物の雨どいを伝うかあらかじめ用意したロープを使うなどして一階に降り、玄関へ回って外からシェアハウスのなかに戻る。そうすれば、三井さんたちがまた降りてくるまでの間に一階のトイレに入ることは可能なのでは?」

「それも無理なんです……」夏葉さんは残念そうな顔をした。「じつはわたしもあのとき、五十嵐さんと同じことを考えたんです。が、すぐにちがうとわかりました。あの日は朝から強い雨が降っていて、ランチ部の最中も降り続いていました。もしAさんが窓から外へ出て何らかの方法で一階まで降りてきたとすれば、体が濡れていたはずです。百歩譲って雨合羽などで体を覆い、濡れた雨合羽をどこかに隠していたとしても、玄関の三和土には濡れた跡が残るはず。わたしは彼女の衣類も玄関の三和土も確かめましたが、どちらにも濡れた跡はありませんでした」

「駄目かあ……そうなると、もうわたしには思いつかないなあ。お役に立てなくてすみません」

「いえ」夏葉さんは恐縮する。「その謎さえ解ければ、Aさんに自分がしたことを認めさせられると思うんですよねえ。このままだとみんな釈然としないし、西東さんも救われませんし」

ため息をついた夏葉さんが自分のグラスに手を伸ばしたとき——背後から「よろしかったら、この本、買っていただけませんか?」という声がした。夏葉さんがびっくりして振り向くと、そこには一冊の本を手にした紙野君が立っていた。

「——おおっ!」知穂さんが声をあげた。「こ、この展開は……」

夏葉さんがとまどった様子で紙野君から知穂さんに視線を移した。

「いま三井さん、こう思いましたよね——この人、いったいなにを言ってるんだろう、大丈夫かな? と。ご安心を。さっきちょっとお話ししましたよね。わたしも以前、紙野さんのおすすめの本のおかげで悩みが解決した経験があるって」

夏葉さんがますますわけがわからないという顔になった。

「お話、お聞きしました」紙野君が口を開く。「この本を読んでいただければ、三井さんが不思議に思っていることの答えが見つかるかもしれません」

「え……？」夏葉さんは紙野君が手にしている本を見た。「……『カポーティ短篇集』」

「この本の『銀の酒瓶』という小説に謎を解くヒントがあります」

夏葉さんはまた知穂さんを見た。知穂さんがうなずく。夏葉さんが紙野君に目を戻した。

「わかりました……買います」

4

『カポーティ短篇集』はちくま文庫から出ている、トルーマン・カポーティの短編十二編を収めた本だ。訳者は河野一郎。表紙には、黄色と黒を中心にしたポップなイラストがデザインされている。
カポーティの小説は、昔、オードリー・ヘプバーン主演の映画をＤＶＤで観たあと、新潮文庫で『ティファニーで朝食を』を買って読んだ記憶がある。が、映画と原作の

小説とではだいぶイメージがちがうと感じたくらいで、それほど深い印象は残っていない。

その夜すみれはベッドに入ると、紙野君から購入した本を開き、『銀の酒瓶』を読みはじめた。

『銀の酒瓶』の舞台は、巻末の訳者あとがきによれば一九三〇年代のアメリカの田舎町。「ぼく」という語り手による一人称小説だ。ティーンエイジャーらしき「ぼく」は放課後、叔父であるマーシャル氏が経営するヴァルハラ・ドラッグストアで働いている。

このドラッグストアでは薬や化粧品のほか、キャンディなどのお菓子や雑誌も売っていた。ソーダ・ファウンテンも置いてあり、客は注文した飲み物を椅子に座って飲むこともできる。アメリカでは昔、ドラッグストアは薬や衛生用品を売るだけでなく、カフェのような役割も担っていたのだ。すみれも小説や映画などを通じて知っている。

ヴァルハラ・ドラッグストアは、店のある「ワチャタ郡」の人たちのたまり場になるほど繁盛していたが、ライバル店が開店すると多くの客を奪われる。劣勢を挽回するため、マーシャル氏は親友であるハムラビというエジプト人の助言にしたがい策を講じる。

ある日、いつものように「ぼく」が店に行くと、ふたりが一ガロン（約三・八リットル）入りの大瓶からワインを飲んでいるのを目撃する。彼らは空にした瓶を銀行に持って行き、なかに五セントと十セントの小銭をいっぱいに詰めてもらって帰ってくる。

マーシャル氏いわく「銀の酒瓶」という懸賞なのだという。店で二十五セントの買い物をするごとに一回、客は瓶のなかに入っている硬貨の合計額を当てるチャンスを得る。彼らの予想額をすべて記録しておき、クリスマスイヴ当日に正解を発表する。一番近い数字を予想した人が瓶の中身をすべてもらうことができるという仕組みだ。酒瓶に入っている硬貨の合計額は、この催しを企画したマーシャル氏もハムラビも知らない。銀行で金額を記載してもらった紙は封筒に封印されている。

この目論見（もくろみ）は大成功だった。ワチャタ郡の人たちは「奇蹟的」なまでにこの酒瓶に夢中になったのだ。ふだん訪れないような連中さえ店に押し寄せた。

そんな折、町に越してきたばかりのアプルシードという少年が、妹のミディを伴ってドラッグストアを訪れる。

「この店じゃ、お金のいっぱいつまった瓶をくれるって、聞いたけど」と、アプルシードはこちらをまともに見すえながら言った。「だれかにくれてやるんなら、ぼくらにくれるとありがたいんだけどな。ぼく、アプルシード、こっちは妹のミディ」

ミディは、実に何とも悲しそうな顔の子だった。兄よりはかなり背も高く、齢も上のように見えた――豆のつっかえ棒みたいな痩せっぽちだった。麻色の髪の毛を短く切り、青白くてあわれっぽい小さな顔をしていた。骨張った膝小僧のずっと上までしかない、色あせた木綿の服を着ている。歯がどこかおかしいらしく、それを隠そうと、唇をまるで老婆のように気取ってすぼめていた。

アプルシードは自分では十二歳と言っているが、妹のミディいわく本当は八歳だという。小柄で弱々しい感じだが利口で世慣れてもいた。シングルマザーの家庭で貧しく、いつも同じ恰好をしている。歩くと大人サイズの長靴がボコボコと音をたてる。ミディは映画スターに憧れている。彼らには「三回も牢屋に入った」ヴァイオリン弾きの兄がいる。

この兄妹を、作者のカポーティはじつに愛情を込めて描写しているように感じられた。

アプルシードは金額当てに参加するための二十五セントを持っていないが、挑戦に名乗りを上げ――酒瓶の中身を数えはじめる。彼以外の人たちは当てずっぽうの金額を投票したが、この少年はぴったり当てるつもりなのだ。妹を連れてしょっちゅう店を訪れ、買い物はせず「計算」と称しては酒瓶を穴の開くほど見つめるようになった。

十二月に入り、小さな田舎町はクリスマス一色に染まって浮かれた気分が人々の間に満ちる。だがアプルシードただひとりはそうした雰囲気とは無縁だった。相変わらず酒瓶に詰まった小銭を数えることに夢中だったのだ。毎日のように店に来たがなにひとつ買わず、投票のための二十五セントすら工面できていないようだった。

「ぼく」やほかの客も最初はあきれて見ていたが、そのうち見飽きて彼を無視するようになる。唯一少年を気にかけていたのがハムラビだった。『あの子は当てっこなんかやらんほうがいい』『もし外れたときにはとても責任を持てんよ。まったく、かわいそうで見てられんだろうから』『こういった種類の希望を与えるのは、相手がだれだろうと酷なものだ。この企画に一役買ったのがくやまれてならんよ』と吐露する。

懸賞に参加した人たちは、もし酒瓶の中身を的中させたらそのお金でなにを買うかという話題で盛り上がったが、アプルシードだけはだれに訊かれても「秘密だよ」と絶対に教えようとしなかった。

彼はいったいなにを買うつもりなのだろう――すみれも気になった。

クリスマスの一週間前から町は異常な寒波に見舞われたが、アプルシードは酒瓶を数えるため片道三マイル（約四・八キロ）かけて家から店へ通って酒瓶の中身を数え続けた。それをやめたのはクリスマスまであと三日という日のことだった。彼はこう宣言する――『さあ、終わった。あの瓶の中にいくら入ってるか、やっと分かったんだ』。

翌日。アプルシードは妹とともに店を訪れる。「赤い絞り染めのハンカチの端に、落とさないようしっかりとくくりつけ」た二十五セント銀貨を持って。そのお金は彼の兄が他人の結婚式でヴァイオリンを弾いて得たものだった。ふたりが相談してはじめて買ったのは小瓶に入ったくちなしのコロン。妹のミディはそれを少し自分の髪に振りかけて香りに感激し、兄にもかけようとする。が、アプルシードはそうさせなかった。妹のために買った貴重なコロンを無駄にさせまいとする兄心だろう。

二十五セントで権利を得たアプルシードは、マーシャル氏に投票する金額をひと息に告げる――『七十七ドル三十五セント』。こんな細かい数字を言ったのは彼だけだ。

そしてついに、酒瓶の中身の金額が発表されるクリスマスイヴがやってくる――。

マーシャル氏は会場に集まった人たちから、金額が記された紙が入った封筒を開封する役を募る。が、だれも手を挙げない。あまりの大役にみなおじけづいてしまったのだ。そこへアプルシードと妹のミディ、彼らの兄の三人が人込みをかき分けて店へ入り込んできた。アプルシードが息をあえがせ間に合ったか訊ねると、マーシャル氏はそれには答えず『では、きみが引き受けてくれるんだね?』と言う。アプルシードは当惑するがすぐに勢いよくうなずく。

すみれは思わず息を詰めていた。

アプルシードは一枚のピンク色の紙を引き出し、とてもこわれやすいもののように手に持ち、そこに書かれている数字をひとりごとをつぶやくように読んだ。とつぜん、アプルシードの顔色がまっ青になり、目に涙が光った。

「よう、でかい声で読めよ」と、だれかがどなった。

ハムラビが進み出て、ひったくるように紙切れを取った。咳ばらいをして数字を読み上げはじめたとたん、表情がとてもおかしな具合にゆがんだ。「ああ、聖母マリア様……」と言ったきりだった。

そのあとちょっとした騒ぎが起こり、静まったとき、紙切れは「ぼく」の手のなかにあった。そこに書かれた数字を、「ぼく」が叫ぶ――。

カポーティの筆は、アメリカのある時代、ある場所とそこで生きる人たちを生き生きと、繊細かつユーモラスに描き出していて、すみれの胸をほんのり温かくさせた。不思議なことに知らない場所、知らない時代の話なのに、なんだか懐かしいような気がするし、自分の子供の頃のクリスマスの記憶がよみがえってきた。もともとは一ガロンのワインが入っていた酒瓶を空にして小銭で満たすという設定もユニークだし、酒瓶の金額当てをめぐる展開も面白く、アプルシードという少年のキャラクターも魅力的だ。なにより、なんと不思議で優しい奇蹟の物語だろう——。

しばらく物語の余韻にひたったあと、紙野君がなぜこの話を夏葉さんに薦めたのか考えてみた。夏葉さんは、Aさんがどうやって非常ベルを鳴らし、夏葉さんたちとすれちがうことなく一階へ降りることができたのかという謎を解こうとしていた。とすると、この『銀の酒瓶』のなかにそのヒントが隠されているということだろうか。

難しい。いくら考えてもすみれには答えが出てこなかった。ここは素直に紙野君の答えを聞こう。そう決めて寝る前の日課である『食器と食パンとペン』をえいっと開く。出てきたのはこんな短歌だった。

ハムレタスサンドは床に落ちパンとレタスとハムとパンに分かれた　岡野大嗣（おかのだいじ）

すみれの好きな歌だ。最初に読んだときは「そのまんまやないかーい！」と関西の芸人みたいにツッコんだのだが、後半部分のテンポがよく色彩のイメージも鮮やかに浮かんでなんだか心地よい。

ハムレタスサンドの「構造」にしたがって、ばらばらになったあと律儀にパンを二回くり返すところになんともいえない面白みがあって、憎めないところも好ましかった。

左ページの編者によるイラストもまた面白い。ぱっと見るとまず目に入るのが黄緑色とピンク色が市松模様のように並ぶコントラストだ。よく見ればそれは、抽象化されたレタスでありハムであることがわかる。並んだそのふたつの両端に、茶色い耳のついた食パンが描かれているからだ。四隅に食パンが配され、縦の列は上から、横の列は左から、パン、レタス、ハム、パンと規則正しく並んだ、なんとも楽しい四角形の格子模様。

その真ん中より少し上には、熊だろうか、二本脚で立つ白い動物が描かれていた。すみれの目には白い熊に見えるその動物は、本来レタスとハムが敷かれているはずのぽっかり空いた格子ふたつ分のスペースに立っている。ホッキョクグマ（そういうことにしておこう）の片手には真っ白な丸い皿があった。短歌にしたがうなら、その皿には、床に落としてしまう前のハムレタスサンドの完成品があった、とも解釈できる。

落としたハムレタスサンドがどこにあるかわからず途方に暮れているようにも見えるし、ハムレタスサンド畑の一面の実りをことほぐようにも見える。それとも彼あるいは彼女は、短歌に登場しないハムレタスサンドの構成要素・マヨネーズの妖精？なんていう連想も浮かんだ。

明日の朝食メニューが決まってしまったな——笑顔でそう思いつつ、すみれは眠りについた。

5

すみれと紙野君、ほまりさんで恒例の答え合わせの会が開かれたのは、その三日後、いつものように閉店後のことだった。
「素敵な短編でしたねえ」ほまりさんがしみじみ言った。「アメリカの小さな田舎町のクリスマスの空気感が伝わってきて、まるで自分がそこに居合わせたような臨場感がありました。読後感もハートウォーミングでよかったです」
「だよね」紙野君が微笑む。「早熟の天才の名をほしいままにしたトルーマン・カポーティの卓越した文才は折り紙つき。研ぎ澄まされた神経を感じさせるダークな色調の作品も多いけど、翻訳者もあとがきで書いているとおり、この作品は一貫して『ユーモラスな明るい筆致で描かれ』ているし、『社会の弱者を見る作者の目も暖かい』ところが読後感のよさにつながってる」
「前に村上春樹の翻訳に惹かれて読んだ同じカポーティの『クリスマスの思い出』を

思い出しました」

「あれも愛すべき作品だよね。村上版は山本容子の銅版画も贅沢に収録されていて、装幀も素晴らしい」

「そうなんだ」すみれは言った。「名前は聞いたことあったけど、面白そう」

「カポーティには少年時代を過ごしたアメリカ南部を舞台にした、自伝的な作品群があります。一九八〇年代の終わりから一九九〇年にかけて、村上春樹が選んだ三つの物語を〝イノセント・ストーリー〟として、各一冊の単行本として訳出した。『クリスマスの思い出』はなかでも一番メジャーなんじゃないかな。村上春樹もあとがきで『この短編はカポーティの散文のある種の頂点を記録していると言っても、おそらく差し支えないだろう』と評価しています」

「うわあ、すごく読みたい」

するとと紙野君は席を立って古書スペースへ向かい、棚から一冊の本を抜いて戻るとすみれの前に本を置いた。

『クリスマスの思い出』――訳者は村上春樹。

「並んでたんだね、気づかなかった。うれしい。買います」

「お買い上げありがとうございます」紙野君は席に戻った。「本題から離れちゃったけど、ほまりさんが思い出したと言っていた『クリスマスの思い出』と並んで、この

『銀の酒瓶』も村上春樹の言うカポーティの〝イノセント・ストーリー〟の一群として位置づけられる作品でしょうね」

「アプルシードのキャラがとにかくいいですよね」とほまりさん。「貧しく大変な暮らしのなかでもなんというか堂々としていて、目的に向かって一途で妥協せず、なによりあの妹思い。八歳なのに男気すら感じさせてかっこいいしけなげだし――」

「そうそう」すみれも同意する。

「まさにクリスマスの奇蹟を描いた〝イノセント・ストーリー〟だわ」

「その本のあとがきで――」紙野君がすみれの手元に置かれた『クリスマスの思い出』を示した。「村上春樹はイノセンスについてたしかこのように定義しています。『世界の美しさや、人の抱く自然な情愛や、生の本来の輝きを理解することができる』。そのような種類のイノセンスは、多かれ少なかれだれの子供時代にもあるものだろうとも。そうしたイノセンスの記憶を、多くの人は成長して大人としての能力を身につけるにしたがい失っていく。でもカポーティは忘れなかった。そういう意味ではカポーティは成長しなかったのだ、と」

「すごくわかりやすくて納得できる。さすが村上春樹」

「ですよね。自分も大人になる過程でイノセンスの記憶を失ってしまった。でも、たとえばカポーティのこうした作品に触れることで、かつてたしかに持っていた無垢な感性を自分のなかに取り戻すことができるように感じる。優れた書物は、時代も場所も遠く隔たった他人が書いたものでも、読むことで自分自身をより深く知ったような気持ちにさせてくれる」

「うん、たしかに――」すみれは深くうなずいた。「思い出してた、自分の子供の頃のこと」

「わたしもです」ほまりさんが言った。「アプルシードもいいですけど、彼を見守るハムラビがすごく好きで。自分だって本業の歯医者がうまくいってないのに、アプルシードを不憫（ふびん）がってガムやキャンディを買ってあげたりバーベキューをおごったり。なんで自分がそこまで感情移入できるかっていうと、わたしがまだ小さな頃亡くなった母方の祖父を重ねていたからなのかなあって。べつに祖父がハムラビに似ているというわけじゃなく、家族で過ごしたクリスマスの思い出のなかの祖父が一番印象に残っているからだと思いますが。紙野さんの言ったこと、よくわかる気がします」

紙野君はうなずいた。

「個人的な感想だけど、ハムラビはひょっとしたら作者であるカポーティの分身的存在かもしれないとも思ってる」

「あっ、ほんとだ……アプルシードに、自分がもしエジプトにいれば王様かなにかになれるかもしれないって語っちゃう空想的なところとか、雑誌に物語を投稿しているところとか、たしかにそんな感じかも」

「なるほど、ハムラビ、たしかに作者の分身っぽい――」すみれは手元の『カポーティ短篇集』を開いた。「懸賞目当てのお客さんが店に押しかけるようになったとき、『ぼく』に『どうしてこんな騒ぎになったか、教えてあげよう』って話しはじめるシーンとか――」その部分を読み上げる。


「(中略)だれにとっても魅力なのは謎だ。いいかい、あの銀貨や白銅貨を見て、何と考える? うわあ、ずい分あるな、かい? いや、いや。だれでも考えるのは、うわあ、いったいどれくらいあるんだろう、だ。で、こいつは奥深い疑問だ。人それぞれに違った意味があるからね。分かったかい?」


「――ここ、作者がこの物語自体の種明かしをしてるみたいだもんね」

「ですね」紙野君だ。「この短編のテーマのひとつでもある」

「ということは、紙野君が三井さんにおすすめしたポイントの可能性もあるわけか――あ、そろそろその話にする? といっても、わたしにはさっぱり見当がつかなかったんだけど」

「わたしは思いつきました」と言ったのはほまりさんだ。

「すごい。聞かせて」

紙野君も促すようにほまりさんを見た。ほまりさんが口を開く。

「シェアハウスのランチ部で起きた非常ベルの事件の容疑者は、Aさん。三井さんは、彼女が非常ベルを鳴らしたあと、どうやってランチ部の参加者に見つかることなく一階まで降りてトイレに入ったのか、そのトリックがわからず頭を悩ませていた。Aさんが階段やエレベーターを使った可能性はない。三階の窓から外へ出て降りた痕跡もなかった。とすれば答えはひとつ――非常ベルを鳴らしたのは、Aさん本人ではなくAさんの共犯者だった」

「共犯者……？」すみれは訊ねた。

「そうです。Aさんは以前、ハウスのルールを破って自分のゲストを部屋に入れ、泊めたという過去がありましたよね。今回はあらかじめほかの入居者に見つからないようゲストを招き入れ、自分の部屋に通していた。ランチ部がはじまってしばらくすると、Aさんはアリバイ作りのためまずエレベーターを一階に降ろしておき、自分も一階に降りてトイレに入る。そのあと、隠れていたゲストがランチ部の時間になると部屋を出て非常ベルを鳴らし、またAさんの部屋に戻った。そのあと、だれにも見つからないようなタイミングを見計らってハウスを出て行った。これでAさんのアリバイが成立します」

「――うわあ、ほんとだ！　よくわかったね、ほまりさん」すみれは感嘆する。「じゃあ、紙野君が『銀の酒瓶』をおすすめした理由は？」

「ずばり、ハムラビです。銀の酒瓶に憑りつかれたようになったアプルシードは、『ぼく』を含む周りの人たちからしだいに気味悪がられる存在になります。でも、ただひとり彼のことを親身に思いやる味方がいた。ハムラビです。Ａさんもシェアハウスのなかで大半の入居者から煙たがられるような存在だった。でもそんな彼女にも、ハムラビのように親身になってくれる味方がいた――紙野さんは三井さんにそうヒントを出したのだと思います。Ａさんのアリバイトリックは共犯者の存在抜きには成立しません。逆に、Ａさんにも味方がいたとわかれば、すぐこの結論にたどり着きます」

「完璧な推理だね――！」すみれは興奮して紙野君を見た。「どう、紙野君？」

ほまりさんも期待を込めたような目で紙野君を見ている。

「――残念ですが、俺の考えは、ほまりさんとはちがいます」

「うそ……」信じられなかった。

「そうですか……」自信があったのだろう、ほまりさんも意外そうだ。「教えてください、紙野さんの推理を」

「うん。俺が三井さんの話を聞いてまず疑問に思ったのは、非常ベルを鳴らした『犯人』は本当にAさんだったんだろうかということだった。もしそうだとしたら、わからないのは動機だ」

「西東さんやほかの入居者へのいやがらせじゃないの？」すみれは言った。「Aさんは自分のルール違反をとがめられたり、管理会社へクレームを入れられたり、外国人の友達が話しかけたのに無視されたりしたことで、ほかの入居者や西東さんに恨みがあった」

「管理会社に注意されたAさんは態度を改め、ルール違反も減っています。シェアハウスに留まりたいという意思の表れでしょう。たとえトリックを仕掛けてアリバイを成立させても、自分がみんなに疑われる可能性は高い。それくらいはAさんもわかっていたのでは？　わざわざほかの入居者との関係を悪化させて自分がいづらくなるようなことをするでしょうか」

「Aさんくらい図太い人なら、そんなの全然平気なんじゃないかな」

「まあ、そうかもしれません。ただ、もっと大きな疑問があります。非常ベルを鳴らされたことでAさん以外の入居者が受けた実害ってなんでしょうか？」

「それは……まず騒音、突然のことでびっくりさせられた、西東さんが作っていたカレーも台無しに」

「そこが引っかかったんですよね。すでにAさんは焼き魚を焦がして夜中に火災報知器を鳴らしてしまうという事故を起こしている。ハウスの大半の人が眠っていたところを叩き起こされ、なにが起きたのかわからず、不安になったりパニックになったりしたでしょう。今回非常ベルが鳴らされたとき、ランチ部以外の五人は出かけていて被害なし。ランチ部の参加者もびっくりはしたでしょうが、眠っているところを叩き起こされたわけではないし、夜中にひとりで起きたときより不安ははるかに少なくすんだはず。西東さんのカレーの件をべつにすれば、火災報知器と比べて今回の非常ベルの実害は小さかったと評価できる。しかも火災報知器が鳴ってしまったのはおそらくAさんの過失。今回の非常ベルを鳴らした動機がほかの入居者へのいやがらせだとしたら、火災報知器のときより与えるダメージがうんと少なくなっているというのは不自然な気がします」

「ターゲットが西東さんひとりだけだったとしたら？」

「その線も考えてみましょう。非常ベルの音におどろいた西東さんは仕上げにかかっていたカレーのなかに調味料をストッカーごと落としてしまい、参加者と合わせて九人分のカレーを台無しにしてしまったうえ、材料費もすべて返す羽目になった。金銭的にも精神的にも少なからぬダメージを受けた。Aさんがもし犯人なら、ランチ部の主宰として人気があった西東さんが参加者の前で失態をさらすよう仕向けることもできたわけで、充分な動機と言えるかもしれません。ただ、その仮説が成立するためにはひとつ条件がある——非常ベルによって、西東さんがカレーを作る過程で致命的な失敗を犯すであろうことを予測し、それを誘発させるぴったりのタイミングで非常ベルを鳴らさなければならないということです」

「そうか……」ほまりさんが言う。「料理の途中で非常ベルが鳴ったとしても、かならずしも西東さんがそこまで大きなミスを犯すとはかぎらないわけですもんね」

「仮にカレーを仕上げる段階で最後に塩の調整をすると知っていたとしても、鍋の上でストッカーを持っているとはかぎらない。鍋の上でストッカーを持っていることが予測できたとしても、非常ベルが鳴ったからといってびっくりして落としてしまうとはかぎらない。西東さんがそんなミスをする蓋然性は極めて低い。たとえそれを予測できたとしても、西東さんが鍋の上でストッカーを持っているタイミングをAさんがどうやって知るのかという問題が残る」

「ランチ部の当日の参加者のなかに仲間がいて、スマホでAさんに知らせたとか……？」

「それなら可能だろうね」

「あっ」すみれは声をあげた。「Aさんのほかにも西東さんに恨みを持っていた人がいたとか？　あるいは自分もランチ部の主宰をする人で、西東さんの人気に嫉妬していたとか」

「その可能性は否定できません。ただそれでも、共犯者がふたりも存在するという仕掛けの大掛かりさと、非常ベルの音によって西東さんがカレー作りで致命的なミスをするという蓋然性の低さとのアンバランスさはいっそう大きくなるという問題は残ります」

「そうかなあ……みんなに見られて緊張しながら料理作っている状態で非常ベルが突然鳴ったら、わたしも手元狂っちゃいそうだけど」

「いまのように共犯者がふたりいたと考えれば、Aさんが犯人である可能性は否定できないことになります。ただ俺は、そうだった場合の動機に疑問を抱いた。それで、ほかの可能性についても考えてみることにしたんです」

「つまり――Aさんのほかに非常ベルを鳴らした犯人がいるということ？」

「ええ」

「でもだれが――ハウスにはほかにだれもいなかったのに。ということは……やっぱり、ほまりさんが言ったようにゲストのだれかが隠れていた？」

「俺はちがうと思います。今回の事件を起こした人物を犯人というのであれば、犯人は――西東さんです」

「ええっ――!?」すみれとほまりさんはそろって声をあげた。

紙野君がなにを言っているのかさっぱりわからない。

「最初に疑問に思ったのは非常ベルが鳴ったあとの西東さんの行動です。自分は火の始末をするから非常ベルが鳴っている階を見てくるよう参加者に言った。そのときすでにカレーは処分されたあとだった。つまり彼女は非常ベルが鳴った原因を知る前にその作業を行っていたことになります。不思議じゃありませんか？　非常ベルは一般的に火事などの重大な危険を知らせるためのもの。命にもかかわる一大事かもしれないとなれば、悠長にカレーの処分などしている場合ではなく、なによりまず真っ先に原因を知りたいと思うのがふつうではないでしょうか」

「……たしかに不自然かも」

「それだけじゃない。三井さんによれば西東さんはものすごい倹約家だということです。ランチ部では参加者から材料費を集めているので、料理が提供できなければ返金するのは当然でしょう。しかし現実にすでにカレーを作るために材料費はかかっている。カレーを廃棄して材料費を返金することになれば、主宰者は金銭的にマイナスになる。倹約家ならなんとかそれを回避しようとするのが自然な気がします。もちろん結果的には駄目だったとしても。でも西東さんがカレーを廃棄すると決めた判断もじつさいの作業も、不自然なくらい早過ぎる」

「ほんとだ……」すみれはつぶやいていた。「でも、だとしたらなぜそんなことを？」

「問題はそこです。倹約家である西東さんが金銭的にマイナスになる覚悟でさっさとカレーを処分していた理由はなんだろう？　そこで三井さんのある言葉を思い出しました。事件が起きた日のランチ部での西東さんについて、三井さんはこう言っていたんです――『自分用に作った人数分のレシピを見ながら、いつもより丁寧に作業している感じだったので、わたしもほかの参加者と、自分の手順の答え合わせをしながらじっくり見ていました』。いっぽうでふだんの西東さんについては、『カレー作りひとつとっても、なにやってるかわからないくらい、ものすごいスピードでてきぱき作業してるんです』とも語っていた。なにか感じませんか？」

「まるで別人みたい……」

「ええ。俺もそう感じました。こないだのランチ部で取り上げたメニューは『王道のチキンカレー』。三井さんによれば、ランチ部で以前にも披露されていたそうです。王道という名のとおり、オーソドックスなレシピなのではないでしょうか。西東さんはもう何度となく作っていて、レシピを見ながらゆっくり作業する必要はないはず。ではなぜ今回そうしていたのか。これまで夕食時やランチ部でカレーを作っていた西東さんとは別人だったから、というのが答えです」

すみれとほまりさんは言葉を失った。

「……それってつまり、どういうこと？」

「あっ、もしかして――」ほまりさんがはっとしたように、「双子……？」

紙野君はゆっくりとうなずいた。

「そう。西東さんはひとりじゃない。たぶん双子の姉妹だ」

6

すみれの頭のなかはこんがらがった。

「西東さんが双子？　三井さん、そんなこと言ってなかったよね？」

「三井さんが話していなかったのは当然です」紙野君が言う。「西東さんは自分たちが双子であることを隠していた――三井さんだけじゃなく、シェアハウスの入居者全員に」

「えっ、でもなぜ――？」

「もしかして――」ほまりさんが言う。「家賃を浮かすため？」

「それが理由だろうね」と紙野君。「西東さんは見た目が瓜ふたつの一卵性双生児の姉妹。それを利用してひとり分の家賃でシェアハウスに住んでいた」

「えーっ、そういうこと――」すみれは衝撃を受ける。

「三井さんが語る西東さんの話で疑問に思ったことがあります。西東さんは倹約家であるばかりでなく時間についても一切無駄を省くようにしていた。でも三井さんはこう言っていた――『インド料理店でのバイトとホテルの夜勤から帰ってくると、かならずお風呂に入って食事を作るのが彼女の日課です』。つまり西東さんは平日は朝と夜、一日に二回ずつ入浴していることになる。時間と労力の無駄を省くという考えからすると少し不思議な感じです。そうしていたのはそうする必要があったから――インド料理店でバイトしている西東さんと、ホテルのフロントで夜勤をしている西東さんが別の人間だったからと考えれば納得がいく」

「料理が上手な西東さんと、英語が堪能な西東さんは別々だったということですね」

ほまりさんが確認する。

「そう考えればいろいろなことに説明がつく。ハウス内では当然、ひとりが個室を出ている間、もうひとりは部屋にいなければならない。同じ部屋着や外出着を何着もそろえているのも、メイクを最小限にしているのも、つねにふたりで同じ見た目になるようにして、ハウス内で入れ替わってもほかの入居者にバレにくくするため。節約のため互いに髪の毛を切り合っていた。セルフカットより簡単だろう。夜勤の前の夜食として作り置いた分というのは、ダイニングで食事をせず部屋で待機しているほうの西東さんのための夕食。時間と労力の無駄を嫌う西東さんが三井さんよりまめに洗濯していたのも、ふたり分の洗濯物があったから当然。西東さんが三井さんに『苦手なところはパートナーと補い合ってお店をやっていくつもり』と語った『パートナー』とは姉妹のことだった。それぞれの得意分野を活かして料理と接客の担当を分けるつもりなんじゃないかな」

「うわあ、言われてみれば……」すみれも納得する。「でもよく気づいたねえ」

「三井さんと五十嵐さんの間でカレーのレシピの話になって、西東さんの名前を聞いたとき、あれって思ったんです。『さなみ』さんの字が『佐奈美』でなく『左奈美』だったことに。西東さんご本人もよく『佐奈美』にまちがわれると三井さんに語っていたとおり、前者の字のほうが一般的なのではないでしょうか。名前をつけた親御さんは、わざわざ『左』という字を選んだ。左といえば右。東西や南北のように反対の意味のものがふたつで対になる。そのかたわれです」

「本当ですね、気づかなかった」ほまりさんが目を丸くする。

「わたしも全然」すみれも驚愕する。「西東さんに関するあれこれのほとんどが、双子であることを示していたんだねえ。種を明かされればびっくりだわ。ダブルワークでもなんでもなく、ひとりが働きに出ている間もうひとりは休んでいられたし、料理も英語も得意な超人ではなかったと」

「じっさいには西東さんのどちらかが三井さんに言ったとおり、それぞれが『得意なことに集中してるだけ』だった。Aさんが外国人のゲストと一緒にキッチンで料理を作っていたのは夕方。インド料理のバイトを終えて帰り、お風呂に入ったのは料理上手な西東さんで英語は得意ではなかった。Aさんへの疑念や反発だけでなく、それが周りに発覚するのをおそれて英語の会話に一切答えなかったというのが真相でしょう。インド料理が上手なほうの西東さんは英語が得意でなく、英語が得意なほうの西東さんはインド料理がそこまで上手じゃなかった。おそらくそれが、今回の事件が起きた原因です」

ここまでの話は、びっくりするような内容だが、すみれにも理解できたと思う。でも、なぜそれが事件の原因となったのかはさっぱり見当がつかない。

「もしかして――」ほまりさんが紙野君を見る。「こないだのランチ部で主宰を務めたのは、インド料理ではなく英語が上手なほうの西東さんだった？」

「俺はそう思う。面倒なので料理上手な西東さんと、英語上手な西東さんをそれぞれカレーさんと英語さんと呼ぶことにしよう。カレーさんはなんらかの理由で、ランチ部の直前になって主宰を務めることができなくなってしまった。三井さんによると西東さんはひどい貧血でインド料理店を休むことがあるそうだよね。ランチ部の直前になって同じことが起きたんじゃないだろうか」

「だったらみんなにそう言えばよかったんじゃ――？」すみれは言った。

「それはしたくなかったんでしょう。直前でキャンセルすればすでに買った材料が無駄になるうえ、参加者に材料費を返金しなければいけなくなる。また、三井さんによれば西東さんは時々、土曜の夕方にホテルのシフトが入ることがあった。きっとそのときもそうだった。ランチ部を貧血でドタキャンしたあと、ホテルへ出勤する姿を参加者などに見られたら不審に思われる可能性がある。ひと部屋にふたりで住むという重大な規約違反を犯している西東さん姉妹としては、そのリスクも避けたかったのでは」

「つまりランチ部がはじまったとき、カレーさんは貧血のため部屋で休んでいて、英語さんが代わりに主宰を務めていた状態だった？」

「はい。英語さんもカレーさんほどではないが料理はできる。『王道のチキンカレー』は料理をはじめて数ヵ月の三井さんでも作れるメニューです。レシピを見ながらなら、英語さんでもうまく作れるはず――西東さん姉妹はそう考えたんでしょう。が、英語さんは途中で大きなミスを犯してしまう」

「でも――」ほまりさんが口を開く。「みんなあらかじめその日のカレーのレシピをもらってて、それを持って西東さんが調理するのを見ていたわけですよね。もし彼女がそんな大きなミスを犯していれば、気づいていたのでは？」

「そうだよね」すみれは同意する。「五十嵐さんにレシピをスマホで写させてもらったけど、それほど複雑じゃなかったし」

「どんなレシピですか」

すみれはスマホの写真を呼び出した。

「えーと――『①鍋に油を熱し、クミンシードを入れて香りが立つまで炒める。②みじん切りの玉葱を加えてキツネ色になるまで炒める。すり下ろしたニンニク、ショウガを加えて炒める。③粗みじん切りにしたトマトを加えて水分を飛ばすように炒める。④火を弱めてパウダースパイスと塩を混ぜ、炒める。⑤分量の水を注いで煮立てる。⑥ひと口大に切った鶏肉を入れ、中火で十分ほど煮る。⑦塩味を調整し、ざく切りにしたパクチーを混ぜて完成』」

「――大きなミスがあるとしたら、火加減をまちがえて焦がすとかですかね」

「うん。でもそれだとさすがに見てる人もわかりそうか……」

すみれとほまりさんは助けを求めるように紙野君に目を向けた。

「見ているだけではわからないミスだった、というのが俺の考えです。味見してはじめてわかるミス――」

「そうか、味付けの失敗ね」すみれは言った。「三井さんによれば、その日西東さんはレシピを見ながら調味料を計量するところからはじめたって……つまり計量ミス？」

「いや。計量がちがっていたとしたら、参加者のだれかが気づいていた可能性がある。

俺の考えはこうです——西東さんは、塩と砂糖をまちがえていた」

「え——ちょっと待って。三井さん言ってたよね、西東さんは几帳面な人で、塩や砂糖のストッカーにはラベルライターで名前を貼ってたって。ランチ部でも当然『塩』っていうラベルが貼られたストッカーから計量したはず。もし砂糖なら、それこそ参加者がラベルを見て気づいていたんじゃない？」

「すみれさんがおっしゃるとおり、西東さんは『塩』というラベルが貼ってあるストッカーからレシピに書かれた塩の分量を計量した。でもその中身は塩ではなく砂糖だった」

「……入れ替わっていたっていうこと？　でもどうして？」

「思い出してください。Aさんが入居してからハウスでは冷蔵庫内の食べ物や棚にある調味料が盗まれる事件が発生するようになった。調味料を盗まれたと言ったのは西東さんです。三井さんによれば、証拠なしには追及できないとしつつAさんを犯人として疑い、相当怒っていただけでなく『部屋にしまうのも悔しいから対策を考える』と言っていた。西東さんの『対策』とはつまり、調味料棚にある塩と砂糖のストッカーの中身を入れ換えておくことだったんでしょう。もしつぎにAさん——西東さんは彼女が調味料泥棒だと疑っていた——がまた調味料を盗んだら、塩と砂糖をまちがえて料理が台無しになることを期待してのささやかな意趣返しがその狙いだった。あるいはもし今度盗まれた場合には、Ａさんの調味料の容器を見れば犯人と断定できると考えた可能性もある。一度量が増え、つぎに大幅に減っていた場合には、まちがって足した砂糖と塩を捨てたことがわかるでしょうし、あるいはもっと自分の目に自信があって、塩と砂糖が層になっていれば見分けられると考えたのかも」

なるほど——紙野君の言うとおりかもしれない。

「西東さんの調味料の砂糖と塩は入れ替わっていた」紙野君が続ける。「それを仕掛けたのはカレーさんだった。彼女は毎日それを使って料理していたからまちがえることはない。いっぽう英語さんはふだん、夜勤から帰って朝トーストを焼くくらいしか料理をしないので、塩や砂糖を使う機会がなかった。おそらくカレーさんから、入れ替えた話は聞いていたのでしょう。でなければカレーさんがランチ部の直前に英語さんにそのことを注意したはず。いずれにせよ英語さんはランチ部本番になって、慣れない代役のプレッシャーで調味料が入れ替えられていたことを忘れてしまい、塩のつもりで砂糖を計量した。参加者たちも当然気づかぬままカレー作りがはじまった。英語さんが自分のミスに気づいたのは、①から⑦まで工程があるレシピのようやく⑤になった段階——鶏肉と水を加えて煮立て、味見したときだった」

「うわあ」ほまりさんが眉を寄せる。「そのときの西東さんの心中、察してあまりありますね」

「パニックになっても不思議じゃない。レシピに砂糖はないので、あとから塩を足してもリカバリーはできない。当然参加者に食べさせるわけにはいかない。砂糖と塩をまちがえてしまったと正直に話す選択肢はあったはずだが、彼女は――というか西東さん姉妹はそれを選ばなかった。三井さんが言っていた――『煮込みがはじまると西東さんは『Aさん、寝てるのかな』とスマホを手に取って操作していました』と。三井さんはてっきり西東さんがAさんに連絡したと思い込んでいたがそれは英語さんによるミスリードで、本当は部屋にいるカレーさんに連絡していたんだろう。姉妹はそこでこの事態にどう対処するか相談し、参加者にはあくまでミスを隠すという結論に達した。カレーを廃棄して材料費を返金するのは西東さんにとって痛手だ。だがそれより自分たちの秘密がほかの入居者や管理会社に発覚することのほうがはるかにダメージが大きい」

「そうか……西東さんは参加者が見守るなか、『塩』とラベルのついたストッカーから計量した。自分で塩と砂糖を入れ替えたのを忘れていたとなれば、さすがに変だと思う人がいても不思議じゃないですもんね」

「Aさんのせいにするっていう手もあったんじゃない？」すみれは思いつきを口にした。「今度は盗まれたんじゃなく調味料を入れ替えられてたって嘘をつけば、みんな信じたかも」

「それも考えたでしょうね。でもできなかった。三井さんは言ってました――西東さんは、『とくに塩は自然海塩にこだわって高いやつを買っているってランチ部でも言っていた』と。砂糖と塩は粒子の大きさが微妙に異なる。参加者はともかく、塩へのこだわりを公言している西東さんがまちがえるのはおかしいと思う人がいるかもしれない」

「……そうか。見てるだけだと難しいかもしれないけど、上白糖と自然海塩ならスプーンですくった感触でちがいに気づくこともあるかも。塩のほうが、粒が大きくてざりっとしてるのよね」

もしすみれがランチ部の参加者なら、紙野君が指摘するとおり、西東さんが塩と砂糖をまちがえたことに疑問を抱いたかもしれない。

「なので西東さん姉妹は、塩と砂糖が入れ替わっていたこと自体を隠そうとしたんでしょう。そのためにカレーが食べられなくなる状況を生み出す必要があった。参加者がすぐ近くで見守っているので、手を滑らせて鍋ごとひっくり返して床にぶちまけるといった方法は使えない。そこで周囲へ損害を与えない手段――ストッカーごと調味料を鍋に落としてしまうというミスを選んだ。ただ、参加者が見ているなか、いきなり手を滑らせるのも不自然です。また、それだけだとリカバリー可能と考える参加者もいるかもしれない。なにせ九人分です。上の部分だけすくってしまえば下のほうのカレーは食べられると思う人がいてもおかしくありません。そのふたつの問題を解決するために考えたのが――非常ベルだったというわけです」

「つまり――非常ベルを鳴らしたのはカレーさんだった？」

「ええ。重い貧血でも、部屋を出て非常ベルを鳴らして戻るくらいならできないことはなかったんでしょう。カレーさんは、英語さんがカレーの最後の仕上げにかかり、塩のストッカーを鍋の上で持ったタイミングで非常ベルを鳴らした。あらかじめスマホで何時何分になった瞬間に鳴らす、と決めておけばふたりでタイミングを合わせられる。カレーさんが非常ベルを鳴らしたのとほぼ同時に、英語さんは鍋にストッカーを落とした。あとはカレーさんが自分の部屋に戻ればアリバイトリックの完成です。ここまではふたりの計画どおりだった。西東さん姉妹にとって想定外だったのは、Aさんの行動です」

「……どういうこと？」

「非常ベルを鳴らしたときハウスにいたのはランチ部の九人だけ――西東さん以外の入居者はみなそう信じていました。ランチ部の主宰である西東さんと参加していた七人にはアリバイがある。アリバイがないのはAさんだけ――西東さん姉妹はそう思っていた。入居者のだれもがAさんがやったと考えるにちがいないという確信があったからこそ、非常ベルを鳴らすという大胆な行動に出たんです。ランチ部がはじまってから英語さんはＬＩＮＥでＡさんに連絡した。が、返事はなかった。玄関に靴が出ているのでハウス内にはいるはず。とすると自分の部屋で寝坊しているのだろう。英語さんはそう思った。カレーさんが非常ベルを鳴らしたあと、その音に叩き起こされたＡさんが三階の自分の部屋から出てきたところを駆けつけた参加者たちに目撃される――それが西東さん姉妹が描いたシナリオでした。そうなればみな、たとえＡさんが否定しても彼女が非常ベルを鳴らした犯人だと確信したでしょう。ところがじっさいには、カレーさんが非常ベルを鳴らしたとき、Ａさんは自分の部屋を出て階段を降り、一階のトイレに入っていた。姉妹にとって想定外の事態です」

「自分の部屋にいたカレーさんは気づかなかったんでしょうか？」ほまりさんが疑問を口にする。

「階がちがったからね。Ａさんの部屋は三階にあった。いっぽう西東さん姉妹の部屋は二階にあったんだと思う。三井さんはＡさんと同じフロアじゃなくてラッキーだと言っていたし、ランチ部に行くときの話によれば彼女と西東さんの部屋は同じフロアだったとわかる。だからこそカレーさんはわざわざ階段を上って三階の非常ベルを鳴らしたんだ――Ａさんに疑いの目を向けさせるために。二階にいたカレーさんはＡさんが部屋を出て階段を降りたことに気づかず、一階キッチンにいる英語さんも同様だった。Ａさんから連絡がなかったか、連絡があったとしても気づかなかった。三井さんたち参加者も気づいていなかったということは、階段からトイレへの通路はキッチンから見えない場所にあると考えられる。そのため、非常ベルを鳴らしたあと西東さん姉妹のシナリオが狂い、Aさん本人が非常ベルを鳴らすのが不可能であるというあの状況が生まれてしまったんだ」

すみれとほまりさんは黙り込んで紙野君の推理を咀嚼する。いつものように紙野君が正しいようにすみれには思えた。

「きっとそれが真相ですね。やっぱり紙野さんはすごいです」ほまりさんが感じ入ったように言った。「でも——紙野さんが三井さんに『銀の酒瓶』をおすすめした理由は？」

7

その一週間後、ランチタイムに五十嵐知穂さんが来店した。

「今日はあとふたり来るので全部で三人になりますが、できればカウンター席でお願いできますか？」

応対したほまりさんがすみれを見る。店内の状況を確かめてすみれはうなずいた。

カウンター席に座ると知穂さんはチリドッグのランチセットを注文した。すると、ほどなくドアが開いて新たなお客様が入ってきた——三井夏葉さんだ。

「待ち合わせです、五十嵐さんと」夏葉さんはカウンター席の知穂さんと会釈を交わした。連絡先を交換したのだろう。すみれ屋で知り合って友人になるお客様はこれまでにもいた。すみれにとっては喜ばしいことだ。

知穂さんの隣に座った夏葉さんはコンビーフサンドイッチのランチセットを注文すると、紙野君に声をかけた。

「紙野さん——おかげで解けました、謎」興奮を抑えきれない様子だ。「いろいろびっくりです」

その言葉を聞きつけてさっと顔を向けたのは、やはりカウンター席に座っていた御厨花音さんだった。彼女は紙野君に「弟子入り」し、アルバイトとして古書店の仕事を手伝うようになってからも、これまでのようにランチタイムにひとりですみれ屋に通っている。

「本、読んでいただけたんですね」紙野君が微笑んだ。

「あ、いまその話をしても平気ですか？」

「作業しながらでよろしければ、うかがいます」

夏葉さんはほっとした顔になり、知穂さんは笑顔になった。

「そもそもわたし、大きな勘ちがいをしていたんですよね――」夏葉さんが話しはじめる。「非常ベルを鳴らしたのはAさんだとばかり……。でも『銀の酒瓶』を読み終えて――あ、小説とても面白かったです」

「楽しんでいただけてよかったです」

「で――読んだあと考えたんです。紙野さんがこの小説を読むよう薦めてくれた理由を。すると、自分があるイメージが気になっていることに気づきました。タイトルにもなっている――銀の酒瓶です。この瓶の中身は硬貨で、瓶がガラス製だからなかが透けて見える。それが人々の好奇心や想像力や射幸心をかき立てる。小説を読んでいる最中はどうしてもこの中身、硬貨の総額はいくらなんだろうというところに関心が向いてしまいますが、読み終えてから考えてみると、硬貨が入っていた瓶って、本来はワインを入れていたものなんですよね」

夏葉さんは、カウンターに置いていた『カポーティ短篇集』を手に取って開いた。

「えーと――『赤いイタリア産ワイン』が一ガロン入った瓶でした。それを懸賞を企画したふたりと『ぼく』の三人で飲み干して空にした。つまり――銀の酒瓶は容器のいいいいい本来の中身がべつのものに入れ替わっている。そこで、はっとひらめきました。事件が起きたランチ部で、西東さんがカレー鍋のなかに落とした塩のストッカーです。あの日の西東さんの行動に、わたしは漠然とした違和感を抱いていました。いつもより料理を作るスピードがかなり遅くて慎重な感じだったのもそうです。でもそれ以上に、非常ベルが鳴ってストッカーを落としたあと、わたしたちを見に行かせたのはいいとして、なぜ西東さんは非常ベルが鳴った原因を知る前に、さっさとカレーを廃棄してしまったのか」

調味料が混ざってしまう前に上の部分だけ取り除けば、きれいな部分を少なくとも六、七人分は残せたのではないかと思ったという。

「もちろん、食べるのに抵抗を感じる人もいると思います。でもわたしはもったいないと思いましたし、ほかの参加者にもきれいな部分なら食べたかったと言っている人がいました。なのに、シェアメイトでも一番と言っていい倹約家の西東さんがさっさと全部捨ててしまうのは不思議だなあ、と」

現場にいた夏葉さんもやはりその疑問を抱いたのだ。

「なぜあのとき西東さんは、さっさとカレーを廃棄してしまったのか。『銀の酒瓶』を読んで、容器の中身が入れ替わっているという要素に気づいたとき、もしかして――と思いました。小説では、酒瓶の中身はたんにべつのものになっただけだけど、西東さんの場合、砂糖と塩の容器の中身が交換されていたのでは？　って。調味料が盗まれたと言ったあと、西東さんは『部屋にしまうのも悔しいから対策を考える』と言ってましたが、調味料の棚を見ても、どんな対策を講じたのかわかりませんでした」

　砂糖と塩の中身が入れ替わっていたと考えれば納得できるし――ランチ部のカレーをさっさと廃棄してしまった謎も説明できる気がしたのだという。

「紙野さんはそのヒントのために『銀の酒瓶』をわたしに薦めてくれたんですよね？」

「ええ」紙野君がうなずいた。「ヒントに気づいてくださったんですね」

「たまたまです」夏葉さんは少し恥ずかしそうな顔になった。「西東さんは塩と砂糖が入れ替わっていたことを忘れてカレーの味付けをし、味見をしてようやく気づいた。それを隠すため非常ベルが鳴ったあとリカバリーもせず廃棄した。毎日のように夕食を作っている西東さんがなぜそんなミスを――そこでまたはっとしました。砂糖と塩だけじゃない――西東さんがふたりいて、本人ともうひとりが入れ替わっていたとしたら？　料理が上手な西東さんと、英語が得意な西東さんに」

　そして夏葉さんは紙野君と同じ結論に達した。あのとき三階で非常ベルを鳴らしたのは部屋に隠れていたもうひとりの西東さんで、ふたりの目的はランチ部のカレーの失敗を隠蔽することだったと。

「小説のなかにハムラビのこういう言葉があります――『だれにとっても魅力なのは謎だ』。これも、西東さんが、だれがなぜ非常ベルを鳴らしたのかという謎を作ることにより、わたしたち参加者の意識をカレーからそらそうとしたことのヒントになっていたんじゃないですか？」

「そのとおりです」紙野君がうなずいた。

「紙野さんもすごいけど、そのヒントに気づいた三井さんもすごいなあ」と言ったのは知穂さんだ。

すみれもまったく同感だった。

Aさんに疑いの目を向けさせようとして思惑が外れてしまったことまで夏葉さんは推理していた。

「衝撃でした――同じ屋根の下で暮らしている人にそんな秘密があったなんて！　世界がひっくり返ったような感じですよ。信じられないけど、そう考えるといろいろ辻褄が合う。そういえば時々彼女と細かな話が食いちがうことがあったことも思い出しました。ボロが出ないよう姉妹で情報を共有するようにしていたはずですが、それでも完璧にはいかなかったんでしょうね。しばらくの間、まともに西東さんの顔を見ないようにしていました。そうでもしないと逆にじろじろ見てしまいそうだったので。本人に真相を確かめたいけど、なかなかその勇気が出なくて……」

「そこまでの話は、わたしも電話でお聞きしていたんですよね」と知穂さん。

「ええ」夏葉さんがうなずく。「まずは紙野さんにこのことをお話ししたくて、五十嵐さんと今日、一緒にランチするお約束を。で――じつはそのあとすぐ、思いきって西東さんにお話ししたんです」

「おおっ——どうでした？」

「LINEで打診したんです。ふたりだけでお話ししたいことがあります、もしよければ時間と場所を指定してくださいって。『どんな話？』と返ってきたので、『入れ替わりについてです』と返事をすると、しばらくして近くの公園で話そうと。夕食後のタイミングでした。公園のベンチで待っていると、すぐ西東さんが来ました——」

西東さんは夏葉さんの隣に座ると、『入れ替わりって？』と訊ねた。

『まちがってたらごめんなさい。西東さん、双子の姉妹おふたりで暮らしてるんじゃないですか？』夏葉さんはストレートに投げかけた。

西東さんはしばらく沈黙したのち『……いつからバレてた？』と認めたという。

「——すごい」話を聞いた知穂さんが声をあげた。「思いっきりど直球に切り出しましたね、三井さん」

「ほかにうまい言い方を思いつかなくて」夏葉さんは困ったように笑った。「西東さん姉妹の件もランチ部の非常ベルの件も、推理したとおりでした」

「西東さんは素直に認めたんですか」知穂さんが意外そうに言った。

「ええ。そのとき公園来ていたのはお姉さん——西東左奈美さんでしたが、いままで騙していてごめんなさいと言ったあと、彼女はすべて正直に話してくれました。インド料理屋さんで働いているのが彼女で、ホテルでフロント係の夜勤をしているのが妹の右奈美（うなみ）さん」

左奈美さんの「左」は、紙野君の推理どおり左右を意味していたのだ。

「ふたりは幼い頃、家庭の事情で児童養護施設に入ることになり、高校を卒業してからは姉妹ふたりで助け合って生きてきたそうです。アパート住まいでアルバイトをして暮らしていた当時、ふだんは自炊生活でしたが、アルバイトの給料が出たとき思いきって近所のインド料理店に入って本格的なインドカレーを食べた。ふたりとも、こんなに美味しいものは生まれてはじめて食べたと心から感動したと。それから時々通うようになって、左奈美さんと右奈美さんは、いつか自分たちでインドカレーのお店を持つことを夢見るようになった。その日から夢に向かって料理と英語の勉強、節約して貯金する暮らしを続けているそうです」

「……苦労していらっしゃるんですね」知穂さんが言った。

「ええ」

西東さん姉妹はお金を貯めるためとにかく倹約に努めた。家賃の安いアパートでは、スパイスをしっかり使うインドカレーを作っていると、匂いのことで隣人から文句を言われることもあった。その後、ドミトリー（相部屋）のあるシェアハウスへ引っ越したが、そこでも共用キッチンでスパイスカレーを作っていると、ほかの入居者から不快そうにされたりした。やがてふたりはまた引っ越しを考え――いまのシェアハウスを見つけた。

「左奈美さんはウェブサイトでランチ部の記事を読み、主宰者たちがエスニック料理などスパイスを大量に使う料理をたびたび作っていたことを知り、ここなら気兼ねなくカレーの研究ができると思ったそうです。ただ、家賃はひとり部屋をふたつ借りると、それまでの倍近い金額だった。それでふたりが思いついたのが、姉妹で左奈美さんひとりのふりをして暮らすという計画だったそうです」

「そういう事情があったんですか……」紙野君が言う。

「さすがの紙野さんも、そこまでは推理できないか」知穂さんが言う。

「わたしの話であそこまで推理されただけでも充分名探偵です」夏葉さんが力強くフォローした。「紙野さんに本をおすすめされなければ、非常ベルの謎もいつまでも解けず、Ａさんを疑ったままだったと思います。――左奈美さんも、Ａさんに罪をかぶせるつもりだったことを認めていました。シェアメイトたちに本当のことを打ち明けて謝罪をするとも。でもわたし――止めちゃいました」

「どうしてですか？」知穂さんはおどろいているようだ。

「まずなにより――みんなものすごくショックを受けると思うんですよね。いい人ばかりで、西東さんのことを疑うどころか、リスペクトしてる人も少なくないので。その反動で西東さんに対して攻撃的になる人もいるかもしれない――暴力は論外としても、誹謗中傷とか。管理会社やオーナーさんが知るところになれば、契約違反で損害賠償が発生する可能性も高いですよね。約束を破った以上、当然かもしれませんが。正しいかまちがってるかと言われれば、まちがってると思います。でもわたしは西東さんに、自分が知ったことはわたしひとりの胸にしまっておきます、と言ったんです」

西東さん姉妹の話を聞いて、すみれにも夏葉さんがそうした理由が理解できるような気がした。

「でも西東さんはわたしに言ったとおり、シェアメイトみんなにLINEで真実を知らせ、対面して謝罪もしました――」

入居者たちの反応はさまざまだったという。裏切られて傷つく人、憤る人、不快だと言って無視する人。だがなかにはおどろかなかった人もいたという。昔からいた入居者のうちふたりはうすうす感づいていたようで、やっぱりかと平然としていたばかりか、せっかく自分たちが秘密にしていたのに、と残念がる様子さえ見せたという。びっくりしたがその真実をあっさり受け入れる人もいた。

Aさんの反応は意外なものだった。自分のせいにされそうになったことに腹を立てる様子もなく、「てか、同じ顔でマジウケる……!」と双子を指さして笑っていたという。

「人って本当にさまざまなんだなあとつくづく感じました。シェアハウスならではの経験だったかもしれません」

「管理会社やオーナーさんは……？」知穂さんが訊ねた。

「西東さん姉妹は自分から管理会社に連絡し、オーナーにも謝罪しました。損害賠償金が発生したら支払うつもりで。オーナーは西東さんにこれまでの居住月かけるひとり分の共益費の追加と、ふたりのシェアハウスからの退去を要求し、姉妹は共益費については支払ったそうです」

「そうですか。でもまた存分にカレーが作れるキッチンのある物件を探すのは、難しいんでしょうね」

「それが――見つかったんです」

「シェアハウスですか？」

「いえ。居住部分つきの店舗物件だと」

「それってつまり――」

「ふたりでやるインドカレー店です」

「なんと。急展開ですね」

「わたしもびっくりしました。西東さん姉妹はしばらく前に開業資金の目標額を貯め、物件を探していたんですって。ちょうどそのタイミングで見つかったと。うちのハウスを出たらそちらに引っ越す予定だそうです。開業まではまだ少し時間がかかりそうだとのことですが」

「あー、よかった。なんだかほっとしました」

なぜだろう、すみれも同じことを感じた。ほまりさんも「よかったですね」と言った。

そのとき――ぐすっ、という音がして、見ると、花音さんが目にハンカチを押し当てていた。

「失礼しました……」彼女が夏葉さんに言った。「いいお話で、つい……」

「いえ」夏葉さんは微笑んだ。「そう言っていただけるとわたしもうれしいです。紙野さんにヒントをいただいて、調子に乗ってしまったかなと反省もしていたので」

「僕もほっとしました」紙野君が言うと、夏葉さんと知穂さんが笑った。

ドアが開いてお客様が入ってきた。ジャケットにパンツ姿の実直そうな男性――松下正重（まつしたまさしげ）さんだ。出迎えたほまりさんが知穂さんのほうへ案内する。

「お待たせしました」松重さんが知穂さんに言い、夏葉さんを見る。

夏葉さんが立ち上がった。

「こちらが、松下さんです」立ち上がった知穂さんが夏葉さんに紹介し、「松下さん。

こちらが三井さん」

「よろしくお願いします」ふたりは共に頭を下げてから席に着いた。

「五十嵐さんのおかげで、紙野さんから本を買う勇気をもらえて助かりました」夏葉さんが松下さんに言った。

「僕も、知穂さんがすみれ屋さんに通っていて、紙野さんが薦めてくれた本を読んだおかげで、こうして彼女とおつき合いさせてもらうことができたんです。まったく、すみれ屋さん、さまさまです」

そう。知穂さんが抱えていた悩みというのは、松下さんとの初デートにまつわるものだった。紙野君が彼女に本をおすすめした結果、知穂さんは松下さんと交際するようになり、そして——。

「あ、すみれさん」松下さんが言った。「出席者の最終調整、できました。仮押さえしていた日程で正式にお願いします」

「承知しました」すみれは笑顔で答えた。

「失礼ですが、日程って……？」夏葉さんが訊ねる。

松下さんは恥ずかしそうな顔で知穂さんを見た。

「結婚するんです、わたしたち」知穂さんが夏葉さんに答える。「結婚前提のおつき合いをはじめてから、ふたりで決めていたことがありました。結婚パーティは、ぜひすみれ屋さんにお願いしようって」

「そうだったんですか――!?　おめでとうございます」

「素敵……」花音さんが、さっきまで潤んでいた目をきらきらさせ、知穂さんと松下さんを見てつぶやく。

やっぱり紙野君は、すごい。彼がいることで生まれたつながりが、すみれ屋という店をどんどん生き生きした場所にしてくれている。お客様だけではない――すみれやほまりさんにとっても。

紙野君と一緒にいると、毎日が新たな冒険のようにきらめくのを実感できる。

紙野君がふり返り、にっこり笑う。すみれは最高のバディにうなずき返した。

主要参考文献

『すし　伝統の技を極める』岩央泰・坂上暁史・鈴木真太郎・西達広・村瀬信行（ナツメ社）
『おうちでできるあのメニュー　純喫茶レシピ』高山かづえ・著／難波里奈・監修（誠文堂新光社）
『水野仁輔　カレーの教科書』水野仁輔（NHK出版）

引用文献

『俳句いきなり入門』千野帽子（NHK出版新書）
本文46〜47頁（引用元：裏表紙　3頁・6〜13行目）本文48頁（引用元：12頁・11〜13行目）
本文49頁（引用元：44頁・4行目　55頁・1行目　12〜13行目）
『食器と食パンとペン　わたしの好きな短歌』安福望（キノブックス）
本文52頁（引用元：152〜153頁）本文127頁（引用元：18〜19頁）本文207頁（引用元：160〜161頁）本文267頁（引用元：70〜71頁）
『ロッパの悲食記』古川緑波（ちくま文庫）
本文118頁（引用元：13頁・13〜14行目）本文120〜125頁（引用元：13頁・1〜2行目　29頁・14〜16行目　35頁・11行目　54頁・11〜12行目　101頁・6〜7行目　9行目・11〜12行目　102頁・4行目・11〜12行目　102頁・13行目〜103頁・1〜8行目　103頁・10〜11行目　105頁・5〜6行目　105頁・7〜13行目　16行目）
『ロシア美人』ウラジーミル・ナボコフ／北山克彦・訳（新潮社）

本文151〜152頁（引用元：11頁・13〜14行目　14頁・6行目　7行目）

『'71日本SFベスト集成』筒井康隆・編（徳間文庫）
本文173頁（引用元：425頁・6行目）　本文176〜177頁（引用元：166〜168頁）　本文178頁（引用元：172頁　178頁）　本文179頁（引用元：188頁　193頁）　本文180頁（引用元：194〜196頁）

『カポーティ短篇集』トルーマン・カポーティ／河野一郎・訳（ちくま文庫）
本文262〜263頁（引用元：167頁・13行目〜168頁・4行目）　本文264〜265頁（引用元：173頁・7〜9行目　174頁15〜16行目　177頁・7〜8行目　178頁・7〜8行目　179頁・6行目　184頁・9〜10行目）　本文266頁（引用元：185頁・5〜11行目）　本文269〜270頁（引用元：248頁・15行目　249頁・2行目）　本文273頁（引用元：165頁・11行目　165頁・14行目〜166頁・1行目）

『クリスマスの思い出』トルーマン・カポーティ／村上春樹・訳／山本容子・銅版画（文藝春秋）
本文270頁（引用元：77頁・12〜13行目）　本文271頁（引用元：78頁・15行目〜79頁・1行目）

本作品は、当文庫のための書き下ろしです。
なお、本作品はフィクションであり、登場する人物・団体は
実在の個人および団体等とは一切関係ありません。

里見蘭（さとみ・らん）
二〇〇四年『獣のごとくひそやかに』で小説家としてデビュー。二〇〇八年『彼女の知らない彼女』で第二十回日本ファンタジーノベル大賞優秀賞を受賞。
著書は『さよなら、ベイビー』『君が描く空』『天才詐欺師・夏目恭輔の善行日和』『古書カフェすみれ屋と本のソムリエ』『古書カフェすみれ屋と悩める書店員』等。小学館の小説ポータルサイト「小説丸」でリーガルサスペンス『漂白』を連載中（二〇二一年現在）。
お酒好きで料理好き。

古書カフェすみれ屋とランチ部事件

著者 里見蘭

二〇二一年一一月一五日第一刷発行

発行者 佐藤靖
発行所 大和書房
東京都文京区関口一―三三―四 〒一一二―〇〇一四
電話 〇三―三二〇三―四五一一

フォーマットデザイン 鈴木成一デザイン室
本文デザイン bookwall（村山百合子）
本文印刷 信毎書籍印刷
カバー印刷 山一印刷
製本 小泉製本

ISBN978-4-479-30888-1
乱丁本・落丁本はお取り替えいたします。
http://www.daiwashobo.co.jp